JOLIS DEUILS

Les vingt-cinq contes qui forment la matière de ce
livre ne dépassent jamais deux ou trois pages. Servie
par une écriture franche et qui va droit à l'essentiel,
cette brièveté est commandée par le but que poursui-
vent ces petits écrits: étonner, désarçonner le lecteur,
l'entraîner comme à son insu, sans qu'il ait le temps
de résister, dans un univers différent, tantôt étrange,
toujours merveilleux, et pourtant un univers qui
pourrait fort bien être le vrai.

Fête de l'imagination, fête du langage, ces contes,
qui sont parfois des fables, parfois des récits poéti-
ques, ont été publiés pour la première fois en 1964.
C'était le premier livre en prose de Roch Carrier,
mais où se manifestait déjà, comme en fait foi le Prix
littéraire de la Province de Québec qu'il a obtenu, cet
art éblouissant que confirmeront ensuite *La Guerre,
yes sir!* et les ouvrages ultérieurs de l'écrivain.

Jolis deuils

Roch Carrier

Jolis deuils

Stanké   contes

Données de catalogage avant publication (Canada)

Carrier, Roch, 1937-
   Jolis deuils
   (10/10)
   Éd. Originale: Montréal: Éditions du Jour, ©1964.
   Publ. à l'origine dans la coll.: Collection Les Romanciers
   du jour.

ISBN 2-7604-0204-5

   I. Titre. II. Collection: Québec 10/10.

PS8505.A77J6 1998   C843'.54   C98-941649-6
PS9505.A77J6 1998
PQ3919.2.C37J6 1998

Photo de la couverture: *Alain Stanké*
Conception: *Les Éditions Stanké (Daniel Bertrand)*

Les Éditions internationales Alain Stanké bénéficient du sou-
tien financier du Conseil des Arts du Canada et de la Société
de développement des entreprises culturelles (SODEC) pour
leur programme de publication.

Distribué en Suisse par Diffusion Transat S.A.

ISBN 2-7604-0204-5

Dépôt légal: Bibliothèque nationale du Québec, 1999

Les Éditions internationales Alain Stanké
615, boulevard René-Lévesque Ouest, bureau 1100
Montréal (Québec) H3B 1P5
Téléphone: (514) 396-5151
Télécopieur: (514) 396-0440

IMPRIMÉ AU QUÉBEC (Canada)

L'oiseau

CE JOUR-LÀ, une hirondelle venait faire le printemps. Elle volait d'une aile allègre, l'âme pleine de son prochain chef-d'œuvre. Inopinément, elle heurta de la tête un mur de vents, et tomba au milieu de la place publique d'une ville.

Le lendemain, il fit un froid extraordinaire. Les moteurs des voitures refusaient de tourner. La glace avait recouvert le fleuve. Les rues étaient désertes. Les personnes qui avaient osé sortir avaient été forcées de rentrer, poursuivies à coups de poignard par le froid.

Les journaux portaient en manchette des titres lyriques sur sa férocité. Éparpillés aux quatre coins de la ville, ils ne se vendirent pas.

La radio annonça qu'un tel froid n'avait pas été enregistré dams les archives météorologiques. Elle recommanda la prudence.

Les autobus restèrent au garage et les trains à la gare, bêtes de fer serrées les unes contre les autres, transis. Les feux automatiques aux carrefours déserts bloquèrent au rouge.

Dans les maisons, l'on prenait le petit déjeuner avec une joie extrême d'écoliers en congé-surprise. Tout à coup, l'on entendit un petit bruit sec comme du cristal qui chante: une fine pellicule de glace avait recouvert le café. Le pain dans les assiettes avait durci.

La radio annonça que des dizaines de vagabonds avaient été trouvés, sur les bouches d'air du métro, gelés.

Les lampes électriques s'éteignirent. Les visages, les murs, les objets s'imprégnèrent de la couleur sombre du ciel.

La radio annonça qu'avaient péri une troupe de soldats à qui on avait ordonné de défiler par la ville.

Les gens s'étaient enroulés dans des gilets, des manteaux, des couvertures. Les maisons crépitaient. Les vitres éclataient.

La radio qui diffusait de la musique douce fut soudain muette.

La flamme cessa peu à peu de danser dans les cheminées. Elle s'arrêta tout à fait, figée dans cet aspect blême de la cire fondue. L'on put toucher à la flamme. Cela faisait un bruit de papier froissé. Les enfants en arrachèrent des morceaux et les portèrent à leur bouche. Elle goûtait le thé refroidi.

Quelques-uns avaient encore le désir de parler. Mais ils ne s'entendaient plus. Le son restait collé à leurs lèvres. Leurs bouches étaient devenues des anneaux rigides.

Ceux qui n'avaient pas les paupières scellées constatèrent un phénomène étrange: dans les murs, il n'y avait plus ni plâtre, ni pierres, ni briques, ni bois; tout était de glace. Ceux qui pouvaient encore bouger touchèrent. Elle dégageait une chaleur semblable à celle d'un corps de femme. Ils se traînèrent contre les murs diaphanes.

Leur chair devint transparente. Leurs cœurs apparurent comme des poissons rouges immobiles. Peu après, les corps s'émiettèrent avec un bruit de verre.

Puis il ne se passa plus rien. Seule une petite fleur rouge palpitait au milieu de la place publique.

La tête

AU BAL COSTUMÉ, Monsieur Cro remporta le premier prix grâce à son idée de se déguiser en guillotiné. La soirée terminée, il prit au vestiaire son manteau, son parapluie, ses gants, mais il oublia sa tête sur une tablette parmi les chapeaux. Il ne s'aperçut de son oubli qu'au matin, au moment de se raser. Sa tête n'était plus au vestiaire.

Apprendre que vous avez perdu d'un seul coup père, mère, frères, sœurs, chats, maison serait une nouvelle douce comparée à la stupeur de Monsieur Cro qui avait perdu sa tête.

Il alerta la concierge, la police, les douaniers, les journaux; il fit imprimer des affiches, il promit des récompenses.

Généralement, perdre sa fortune fait perdre la tête. D'avoir perdu la tête, Monsieur Cro perdit sa fortune. On le délaissa, seul, misérable. La ville le vit errer, chaque jour plus triste. Son manteau prit la couleur des rues les plus sordides. Parfois une âme compatissante lui disait: « il ne faut pas se laisser abattre par les malheurs… » Monsieur Cro haussait les épaules et s'en allait, chiffon abandonné au hasard des vents.

Un jour, Monsieur Cro se trouva face à face avec sa tête. Elle lui jeta un regard dégoûté. Puis elle disparut parmi vingt autres têtes. Il appela. Il s'irrita. Inutile. On ne prête pas attention aux gueux: ils se plaignent tous d'avoir perdu quelque chose ou quelqu'un…

— Ma chère tête! s'exclama-t-il, les bras tendus. L'homme qui portait la tête de Monsieur Cro recula, indigné, et le malheureux entendit, sortant de sa propre bouche, prononcé par sa propre langue entre ses propres dents, pensé par sa propre tête:

— Va-t'en, sale gueux!

Comment souffrir d'être injurié par sa propre tête? Son bras se banda et sa main s'abattit en pleine figure de la tête à insultes.

Une confuse bagarre s'ensuivit. Le gentilhomme fut étranglé avec sa cravate de soie.

Les gendarmes empoignèrent Monsieur Cro et le conduisirent au tribunal. Il n'offrit aucune résistance jusqu'au moment où le juge en toge rouge vint s'asseoir à la table de la justice. Alors, Monsieur Cro s'agita. Il devint une bête furieuse. Il fallut pour le maîtriser user de la matraque. Monsieur Cro avait reconnu sa tête sous la perruque du juge.

Quand il se fut un peu calmé, les mains des gendarmes se desserrèrent. Et le juge interrogea:

— Racontez ce qui s'est passé, mon bonhomme.

Monsieur Cro décrivit le bal costumé, son déguisement, il relata comment il n'avait pas retrouvé sa tête au vestiaire, et il énuméra la séquelle de ses malheurs. Il parlait d'une voie recueillie, avec beaucoup de sincérité:

— Ne nous attendrissons pas, conseilla le juge. Résumons: vous avez enlevé la vie à un innocent. C'est un délit grave. Je ne puis vous laisser vivre à la lumière.

Avant de quitter la salle d'audience, Monsieur Cro se retourna. Sous la perruque du juge, sa tête le regardait avec une larme de pitié.

La jeune fille

UNE JEUNE FILLE ouvre la porte et pose le pied sur le trottoir. À proprement parler, ce n'est pas là un geste extraordinaire. Des nuées de jeunes filles ont ce matin posé le pied dehors sans qu'il n'arrive rien. Notre jeune fille n'a donc pas un pied banal puisque, du trottoir, il fait jaillir des jets de lumière. La jeune fille ne s'aperçoit pas du phénomène. Elle avance dans la rue déserte comme pour lui appartenir toute. Autour d'elle, la suie s'efface des pierres, des bouquets naissent aux fenêtres, et dans les bureaux, dans les appartements, les vieilles photos s'animent d'un sourire. Les tentures brûlées, les dentelles fanées recouvrent une fraîcheur parfumée.

Notre jeune fille n'est pas pressée. Les habitants du quartier se prennent à écouter sa respiration comme la voix d'un oiseau insolite. Sous son pas, le béton se change en sable fin adouci par une légère vague d'eau invisible. La ville est parfaitement heureuse.

La jeune fille est nue. Voyez son corps taillé dans de l'ivoire précieux.

De son bureau, un président-général de compagnie l'a aperçue. Il la suit. Il la suit en silence. Il serait nu aussi s'il avait pu se séparer de sa cravate noire où scintille une perle.

À cette vue, un garçon boucher arrache son tablier taché de rouge. Il est maintenant drapé de la seule lumière.

Au lieu de siffler et de s'agiter, le policier du carrefour jette casquette, tunique, et surgit nu de son uniforme tombé.

Quelques jésuites sont accourus; les mains jointes sur leur ventre blanc, ils rendent grâce à Dieu de leur immense bonheur.

Du vingtième étage et de plus haut tombe une neige de salopettes blanches: les peintres en bâtiments descendent se joindre au cortège, devancés par les électriciens. Les hommes ne sont pas seuls à suivre la jeune fille nue; des dizaines de petites secrétaires ont plié sur leur machine à écrire leurs robes, leurs jupons et leurs soutiens-gorge à dentelles. Elles multiplient par cent la jeune fille nue.

Il y a tant de lumière et la lumière est si fraîche qu'un arc-en-ciel semble couler dans la rue. Notre jeune fille nue serait l'or que la légende affirme se trouver au pied des arcs-en-ciel. La ville est un bourgeon travaillé par un miraculeux printemps. De partout, la ville éclate de fleurs, de sourires et de chansons. Et notre jeune file nue va son chemin sans même songer qu'elle est nue.

Les barreaux de la prison deviennent du lierre léger, les usines se vident comme des cages soudainement ouvertes.

On ne saurait maintenant dénombrer le cortège de la jeune fille nue. La garnison entière de la ville s'est mise au pas de la jeune fille nue.

Chez les vieillards, on ne relève plus une seule jambe boiteuse, un seul rhumatisme, une seule ride, un seul cheveu gris; des milliers de femmes ventrues ressemblent maintenant à la plus belle idée que leur jeunesse se faisait d'elle-même. Ils absorbent la jeunesse comme les buvards l'encre.

Voici l'évêque vêtu de sa seule mitre, voici les enfants de chœur, voici les religieuses au septième ciel. La ville immense forme une pieuse procession derrière notre jeune fille nue.

Jusqu'où se rendront-ils?

La jeune fille nue tout à coup ouvre les bras et s'envole. Elle vole d'abord très bas, sans songer qu'elle est devenue un oiseau. Son cortège presse le pas. Ses ailes s'agitent: elle s'élève. La foule court derrière elle. La jeune fille nue monte, monte de plus en plus haut.

Alors un gendarme qui, se dévêtant, a gardé son revolver, tire. L'oiseau est touché. Il tombe comme un caillou. Au sol, l'oiseau reprend la forme de la jeune fille nue.

Le cortège pleure. Il porte la jeune fille nue en un silencieux triomphe. On l'ensevelit dans une robe blanche. Peu ne versent pas une larme noire.

Le soir, une grande danse a lieu sur la place, autour de la guillotine. Chacun va tour à tour offrir sa tête au couperet. Les têtes tombent, s'amoncellent. Les vivants se vêtent du sang des morts. Dans ce costume de deuil, ils se donnent à la mort.

Il ne reste bientôt que le seul gendarme assassin. Il s'agenouille, il introduit sa tête dans le carcan, il déclenche le mécanisme. Sa tête éclate comme une ampoule de verre, libérant un oiseau qui d'un coup d'aile se perche au sommet de la guillotine.

L'oiseau chante.

Qui donc l'entendra?

Le destin

DE TOUT TEMPS, les empereurs ont admiré leurs portraits, s'ils étaient grands.

Un empereur commanda une statue de lui qui fut plus haute que la plus élevée montagne de ses terres. Les plus géniaux de ses artistes taillèrent et taillèrent la pierre. La statue consentit à ressembler à son modèle lorsqu'elle ne fut que d'une hauteur d'homme. C'était une offense. L'Empereur trancha lui-même la gorge à cent sculpteurs le soir de l'inauguration du monument pendant qu'un orchestre de mille cithares et de mille flûtes et autant de jeunes hommes à voix féminines scandaient un thrène. Le peuple comprit alors combien l'Empereur était grand.

Aussi, un cataclysme n'aurait-il pas plus ébranlé la capitale que cette tache de fiente maculant le visage de l'Empereur bien éclairé par la lumière du lendemain.

L'Empereur ordonna que fussent brûlés tous ceux que l'on pouvait soupçonner de lui avoir, dans le passé, manqué de respect soit par leurs paroles, soit par leur silence. Le visage impérial fut lavé de ce sang.

Malgré les soldats vêtus de fer qui montaient la garde la nuit suivante, l'oiseau laissa tomber sur le front sacré une autre étoile de fiente. Les soldats furent brûlés vifs ainsi que leurs veuves puis leurs enfants. Et l'Empereur ordonna la construction d'un immense baldaquin.

Architectes, charpentiers, maçons, orfèvres et tisserands unirent leur travail pour édifier un toit protecteur inébranlable comme le temple de Dagon et joli comme le coffret à bijoux de l'impératrice. Cette construction, raconte la légende, s'avéra inefficace; le noble front de l'Empereur fut malgré elle profané. Tous ceux qui avaient participé à ces travaux et tous ceux qui n'avaient pas proposé une solution plus adéquate périrent.

L'Empereur disposa alors autour de sa statue mille tireurs à l'arc avec mission de défendre la statue de tout survol d'oiseau et de toute approche humaine. Cette mesure ne préserva pas le visage impérial que l'aube dévoila profané.

La troupe fut noyée dans les fosses scatologiques de la capitale.

Qui maintenant, de son sang, serait tenu de purifier le front de l'Empereur? Le peuple était parqué, outres multiples où l'Empereur puiserait le sang si l'oiseau revenait humilier sa statue.

L'Empereur accusait le peuple d'être de connivence avec l'oiseau invisible. C'était faux: L'Empereur pouvait donc se tromper. Il n'arrivait pas à protéger sa statue de l'oiseau: il n'était donc pas invulnérable. Des sophistes à barbe énonçaient ces principes sur les places publiques. Pourquoi l'Empereur les emprisonnait-t-il?

Tout à coup le peuple, en une soudaine explosion, courut vers la statue, la renversa, la brisa. L'Empereur fut lapidé de ses débris.

Ensuite le peuple éleva un monument en l'honneur de l'oiseau. L'on importa le marbre le plus rare des colonies les plus lointaines. L'on incrusta au monument les métaux précieux des trésors de l'Empereur. L'on entreprit des guerres pour s'en approprier de nouveaux. L'on mura vivantes, à l'intérieur du corps de l'oiseau, quatre-vingt-dix-neuf vierges en hommage à sa puissance. Chaque citoyen fut tenu de brûler à ses pieds le dixième de tout ce qu'il possédait. De gigantesques flammes nourries de bœufs, de moutons, d'ébène, de bijoux, de riches tissus, d'enfants dansaient une ronde frénétique autour de l'oiseau divin.

Hélas! l'oiseau invisible revint jeter sa fiente sur sa propre image.

Les sages y lurent le signe d'une véritable catastrophe. Ils ne se trompèrent point car on chercherait inutilement aujourd'hui ce pays sur la surface de la terre.

Les pommes

À PAS MENUS derrière sa charrette comble de fruits: belles pommes! belles pommes! le marchand n'avait pas l'air d'un conspirateur. Pourtant, dans les vieilles pantoufles usées du marchand, c'est la révolution qui approchait.

Il vendait les plus beaux fruits du quartier. L'on vit les femmes défiler avec leurs paniers chargés de pommes flamboyantes. Quand sa charrette fut vide, le marchand repartit à pas feutrés.

Un homme trancha machinalement sa pomme à la fin du repas. La famille étonnée vit surgir de l'hémisphère une voiture striée de dorures, si longue qu'elle creva toutes les cloisons. Le père et sa famille montèrent, s'installèrent dans les moelleux fauteuils et partirent pour un voyage sans retour.

Ailleurs, un adolescent enfonça la pointe brillante de son poignard dans sa pomme. Un mince jet diaphane en jaillit qui prit bientôt la forme d'une jeune fille au corps parfait sous un voile transparent. Elle tendit la main au garçon. Ils disparurent à travers la tapisserie. Le père dégaina son arme et tira vers les fugitifs. Ce fut lui qui s'écroula, une tache de sang dans sa chemise, à la hauteur du cœur.

Dans une maison voisine, une pomme ouverte libéra un fleuve qui arracha les portes, s'empara des escaliers et sa fraya un passage entre les maisons de pierres qui s'écartaient.

Un vieil homme célèbre dans le quartier pour avoir été un concierge fidèle à sa porte d'entrée pelait à l'heure du repas sa pomme. Il vit se former entre ses mains un trône damasquiné. Le trône prit le vieux concierge et l'emporta très haut, au dernier étage d'un fabuleux palais. Dans les escaliers vertigineux, la foule se bousculait pour l'honneur de lui baiser les pieds.

Les pommes du vieux marchand débordèrent de mille choses encore. Parfois une gazelle bondissait; parfois c'était un attelage tirant un carrosse extravagant; une petite religieuse à cornette blanche s'envolait; parfois pointait une épée, parfois une fleur. On en vit même sortir un archevêque paré d'une traîne de velours vert portée par trois cents enfants de chœur. D'une pomme sortit une armée entière, scandant un hymne étranger. Des enfants furent dévorés par des lions.

Il y eut plus terrible encore. Un père aperçut dans la demie de sa pomme un gouffre duquel ses yeux ne pouvaient sonder la nuit. Une rumeur lointaine faite de cris vagues lui parvint. Aussitôt, les murs de son appartement se lézardèrent, les poutres crièrent de douleur et l'immeuble entier fut entraîné dans le gouffre.

Un enfant mit fin au désordre. Sa menotte hésita au-dessus du plateau de fruits, puis finalement choisit une pomme. Portée à sa bouche, elle lui glissa des doigts, elle tomba sur la table et roula sur ses genoux avec un son de glas. L'enfant ne l'empêcha pas de choir sur le carrelage.

Explosion!

Le lendemain, le marchand de fruits poussait à petits pas sa charrette comble:

— Belles pommes! Belles pommes! Belles pommes!

Il retournait vers ce quartier. Il ne trouva qu'une morte étendue de cendre. Le fait lui parut étrange. Comme il ne voyait personne à qui demander une explication, il continua sa route vers un autre quartier:

— Belles pommes! Belles pommes!

L'encre

DIMANCHE, l'on signait le traité de paix. L'un des généraux apposa son paraphe au bas des clauses. Était-il trop solennel? Était-il nerveux? Sa plume piqua dans le parchemin et cracha.

Le général regarda ses doigts tachés. Impuissant, il vit aussi le pâté s'épandre sur la page. Le parchemin lentement buvait l'encre. Le général se fit conduire au lavabo. L'encre résista à l'eau. Il revint distribuer des poignées de main, glorieux de la paix signée.

La tache s'était étendue. La moitié du parchemin était noircie. Des signatures et une partie du texte étaient noyées dans l'encre. Bientôt le parchemin entier fut de l'unique couleur noire.

Quand sonna l'heure de la fermeture de l'édifice, la tache avait franchi les limites du document, elle poursuivait sa marche glorieuse sur la table. Le gardien ferma les volets, verrouilla les portes, traversa dix

couloirs en claudiquant et sortit vers le bistrot.

Le lundi, à son arrivée, la tache s'était
emparée des tapis, des murs, du plafond; elle
s'était imposée aux lustres et aux fenêtres.
Le gardien affolé referma la porte et la bar-
ricada. Inutile. L'encre rampa le long des
couloirs, se glissa sous les portes. Nulle
brosse, nul savon ne s'avérèrent efficaces à
lui barrer le passage. Le soir, elle avait en-
vahi les coins les plus secrets de l'édifice.

Les sapeurs-pompiers, les gendarmes, les
soldats, les creuseurs de fossés, les
ingénieurs en barrages furent convoqués;
l'on cerna l'édifice. L'encre triompha du
dévouement et de l'initiative unanimes.
Après s'être engagée dans les rues de la
ville, elle gagna les parcs, teignit l'eau des
fontaines, changea la couleur des marron-
niers et de leurs feuilles.

Plus la tache s'étalait, plus sa faim devenait dévorante. Le mardi, on ne trouvait plus
une seule maison épargnée par l'encre noire.
Elle coiffait même la haute flèche de la
cathédrale. La ville entière semblait avoir
été trempée dans un immense encrier.

Le mercredi, des nouvelles provenant des
villes voisines signalaient l'approche de
l'encre; le blé des champs se teintait de noir,

le gazon semblablement; les pattes des bêtes commençaient à noircir; l'encre montait aux fondements des maisons. La tache se déployait à la vitesse d'un ouragan. Ce jour-là, la furie noire compléta l'occupation du pays entier, qui était vaste.

Elle sauta, le jeudi, les frontières. Commençait l'invasion. Les patriotes déclarèrent la guerre à l'envahisseur. Les nations s'allièrent pour se déchiqueter mieux: incendies, bombardements, explosions, sang!

Le vendredi: incendies, bombardements, explosions, sang!

Impitoyable, l'encre étendait son empire. Son ombre pesait sur dix pays. La mer allait bientôt s'abandonner à elle. Il devenait futile de se battre. Mais on continua encore un peu: pour l'honneur. Ce fut le samedi, très tard, que fut ordonné le cessez-le-feu.

Le traité de paix fut signé le dimanche suivant. L'un des généraux apposa son paraphe au bas des clauses. Était-il trop solennel? Était-il nerveux? Sa plume piqua dans le parchemin et cracha.

Un dompteur
de lions

DES BANDEROLES NOIRES ont été tendues sous les chapiteaux du cirque Mathurin. Le spectacle n'aura pas lieu. C'est un jour de deuil. Une tragédie sanglante est survenue sous les yeux de dix-huit mille spectateurs réunis sous la tente hier soir.

Qui est donc ce Léon, le dompteur de lions, dont l'univers entier se transmet le nom?

Dès sa naissance, il était riche d'une grande autorité sur les bêtes. Au premier pleur de Léon, le chat de la maison se mit à danser. Son père fut affolé:

— À quel fils avons-nous donné la vie? se demanda-t-il avec angoisse.

Son angoisse le terrassa quand commença le défilé des visiteurs. Chats de gouttières, chiens perdus et chiens de luxe, rats de boutique, pigeons des parcs se suivirent durant dix jours dans la chambre du nouveau-né.

Lorsque Léon eut deux ans, ses parents l'emmenèrent à la campagne. Il commandait aux vaches d'un pacage. Elles étaient dociles. Léon les faisait s'organiser en forme de pyramide: cinquante-neuf vaches grimpées les unes sur le dos des autres. « Un gratte-ciel avec lait chaud à tous les étages », disait le spirituel Léon.

Son père ne douta plus de ses aptitudes. Bon pédagogue, il décida de lui acheter un lion d'Afrique. Une défectuosité mécanique embrouilla les lignes de transmission. Ce fut une négresse qui arriva. Elle raconta à Léon la vie des bêtes sauvages. Mais Léon avait la connaissance innée de ces choses.

À l'école, il mit au point dans son coffret à crayons un numéro exceptionnel: un *french-cancan* de poux. Ses poux, racontait-il, étaient féroces. Il narrait à ses petits camarades ses chasses dans la brousse africaine. Il décrivait avec passion l'enchevêtrement inextricable de la jungle, il mimait ses patientes attentes. Un soir, il invita quelques amis à participer à une chasse. Ce soir-là, le père de Léon surprit les gamins qui fouillaient avec ardeur dans la chevelure embroussaillée de l'Africaine.

L'intérêt pour les gros animaux revint à Léon vers l'âge de quinze ans. Les éléphants

du jardin zoologique n'étaient pas assez gros
pour lui; les lions se faisaient chats à sa
voix; les chevaux exécutaient ses comman-
dements aussi bien que les poux de la petite
école.

Oh! le bel avenir de ce jeune prodige! Il
était écrit qu'il n'échapperait pas au triomphe!

Vingt et un ans: au-dessus de Léon le
dompteur de lions, la tente du cirque Mathurin, le plus gigantesque au monde; autour de
lui, dix-huit mille spectateurs l'acclamaient;
devant lui, quinze beaux lions féroces
comme il les aimait. Le triomphe était per-
manent depuis cinq ans. Mais la tragédie
devait s'abattre hier sur lui.

Boum était le lion doyen du cirque. Avant
le règne de Léon, il avait mangé trois
dompteurs, deux gardiens, une cage, une
spectatrice et dix chaises. Lorsque Léon se
dressa devant lui, Boum comprit qu'il avait
affaire à un dompteur exceptionnel; il se plia
à sa discipline.

Hier soir, Léon ordonna à Boum d'imiter
une femme à son miroir. Boum refusa: ce
numéro portait atteinte à sa dignité. Léon
insista. Boum grogna. Léon se mit en colère.
Boum montra les dents. Léon hurla. Boum
ouvrit la gueule. Léon devint phosphores-

cent. Boum bondit sur Léon, et, devant dix-
huit mille spectateurs, Léon, le dompteur de
lions, dévora Boum.

L'eau

LE SILENCE et la nuit s'étaient emparés de la terre mais ils refusaient de prendre Victorine tandis que Victor, son mari, dormait à poumons heureux. Victorine avait de la peine à respirer. Elle poussa le vantail et se recoucha. Dormir, ce soir-là, était le privilège de Victor.

Un bruit de goutte d'eau.

Victorine tendit l'oreille. Il était sans doute imaginaire. D'où serait donc provenue cette eau?

Le bruit d'une autre goutte.

Ce n'était absolument pas possible. Il ne pouvait y avoir d'eau dégoulinant dans cette pièce. Il ne pleuvait pas. Victorine et Victor logeaient au dernier étage. Les tuyauteries passaient loin de leur chambre. Victorine était victime d'une illusion. La preuve en était qu'elle n'entendait plus rien.

Elle s'étira d'aise. Son souffle provoqua une chute saccadée de gouttes d'eau. Elles semblaient provenir de partout à la fois, avec un babil de cristal.

Victorine retint sa respiration. Elle écouta. Il était pourtant vrai que les gouttes d'eau cliquetaient comme des clochettes d'une aigre petite voix.

Le silence semblait être à jamais écarté car, quelques minutes plus tard, la voix des gouttes d'eau martelait des syllabes forcenées.

Elle enfonça sa tête sous l'oreiller.

Les gouttes d'eau maintenant claironnaient; les murs de la chambre étaient ébranlés comme la tour de Notre-Dame de Paris quand le Bossu s'adonnait à sa joie de sonner.

Elle secoua Victor:

— Que se passe-t-il? dit-elle.

(Silence).

— Tu entends?

(Silence).

Victor ramena les couvertures sur sa tête et il se rendormit.

Le film de sa vie amoureuse se déroula dans la tête de Victorine. L'eau dégouttait de toutes parts avec un vacarme comparable à celui de Rome au matin de Pâques. Elle vit, projetée dans sa mémoire, le Victor qu'elle avait élu voilà dix ans. Il était alors mince, fort, parfumé et veilleur.

L'homme à la panse de ruminant couché dans son lit n'avait réussi à conserver, de cette heureuse époque, que son nom: Victor. Les années lui avaient pris tout le reste.

Victorine ne put supporter plus longuement le sentiment de son échec amoureux. Elle déposa un baiser sur le front de Victor, elle se leva dans son lit. Il s'était amassé beaucoup d'eau dans la chambre. Elle plongea.

Victorine n'entendit plus le tumulte de l'eau. Sa dernière pensée, en se noyant, fut qu'il était impossible qu'une goutte d'eau se fût infiltrée dans sa chambre.

Le revolver

VOICI SA PHOTO, dit Monsieur Willcock.

— Je connais des maris qui n'ont pas la chance de tenir entre leurs bras une telle femme, dit Jack-le-Poignard.

— Je lui reproche d'être ma femme. Je la déteste, trancha Monsieur Willcock. Elle doit mourir. Vous la tuerez. Je le veux.

Jack-le-Poignard rêvait.

— Tu acceptes? Oui ou non?

— Je refuse.

— Je te donnerai le double: 2000 dollars par balle que tu lui places dans le corps.

— Je ne marche pas.

Derrière son front de marbre, ses yeux d'acier, son invincible pistolet, Jack-le-Poignard était-il un faible à s'attendrir sur une photo de femme?

— 5000 dollars pour chaque balle, proposa l'homme au diamant.

— J'accepte, dit enfin Jack-le-Poignard. Je lui introduirai dans le ventre autant de balles qu'un porc-épic a de poils sur le dos.

Jack-le-Poignard, le plus célèbre tueur d'Amérique, pénétra dans la chambre particulière de Madame Willcock, épouse du célèbre financier. Il n'avait pas le cœur au travail. Ce crime ne le rendait pas heureux. Il renversa une chaise sur son passage. Madame Willcock alluma la lampe. Elle n'était vêtue que de son dernier rêve. Jack-le-Poignard ne se sentit pas la force de presser la gâchette.

Jack-le-Poignard, la Bête, avança vers la Belle avec des sanglots. Pour la première fois, Jack-le-Poignard pleurait aux pieds d'une femme apeurée. Cette nuit-là, il y eut la plus belle scène d'amour de la terre.

À l'aube, ils avaient compris qu'ils seraient désormais liés l'un à l'autre, à la vie et à la mort.

Un nuage ne tarda pas à menacer l'horizon de leur bonheur. Comment Madame Willcock réussirait-elle à soutirer de l'argent à son avaricieux de mari?

Pour assurer leur subsistance matérielle, Jack-le-Poignard pouvait bien commettre quelques crimes par-ci, par-là, mais ces ressources étaient aléatoires, irrégulières, et

Madame Willcock aimait bien la sécurité. Ne pas résoudre le problème aurait entraîné l'échec de leur amour qu'ils s'étaient juré éternel.

J'ai trouvé, dit Jack-le-Poignard. Monsieur Willcock me donne 5000 dollars pour chaque balle placée dans votre peau. À tous les mois, je vous tire une balle dans une jambe, dans un bras, dans une épaule, ou ailleurs, mon amour. Je recevrai donc 5000 dollars par mois. Une balle mensuelle, c'est peu, précisa-t-il en exhibant les cicatrices de sa poitrine. C'est pourtant notre sécurité, notre bonheur. Avec de petits travaux supplémentaires, nous pourrions vivre aisément, je vous l'assure... si vous vouliez apporter votre collaboration.

— Comment vous la refuserais-je, chéri? soupira Madame Willcock.

Leurs volontés et leurs aspirations ainsi unies, ils connurent un bonheur sans ombre durant plusieurs mois. Dans les clubs huppés de San Francisco ou de New York, à l'Opéra, dans les plus chics restaurants, les deux amoureux étaient légendaires et admirés. Les hommes portaient la moustache taillée à la Jack-le-Poignard; la mode exigeait, pour les femmes, un petit plâtre ou un petit bandage à l'exquise façon de Madame Willcock.

Une simple balle délicatement logée dans le corps de Madame Willcock suffisait à assurer tant de bonheur. Fidèle à son contrat, Monsieur Willcock payait régulièrement.

Il advint qu'un jour Jack-le-Poignard fut incapable de presser la gâchette de son revolver braqué sur celle qu'il aimait et qui attendait comme une vestale le sacrifice. Le bonheur l'avait rendu honnête.

Monsieur Willcock cessa de payer. On ne vit plus les deux amoureux dans les clubs huppés, ni à l'Opéra, ni dans les plus chics restaurants. Les hommes se firent raser la moustache. Les plâtres et les bandages délicats pour les femmes furent bientôt des accessoires périmés.

Madame Willcock monta alors au quatre-vingt-neuvième étage d'un gratte-ciel et se jeta par la fenêtre. À la triste nouvelle, Jack-le-Poignard se tira une balle au cœur.

La création

SA RONDE conduisit l'autre soir un gendarme à un étrange bonhomme. Agenouillé à l'un des angles d'un édifice, il creusait le sol. L'agent s'étonna de son extravagante chevelure blanche. Il s'étonna encore plus de le voir déposer dans le trou un objet sorti de sa valise et le recouvrir de terre.

Le bonhomme se leva exposant alors une abondante barbe.

À l'angle suivant de l'édifice, il creusa de nouveau. Il enterra aussi quelque chose. Amusé, intrigué, l'agent ne le quittait plus des yeux.

Après avoir répété quelques fois ce manège tout autour de l'édifice, le bonhomme parut réfléchir un instant, calculer. Prenant enfin une décision, il cacha sa valise derrière un arbuste. Puis, retourné à son premier trou, il fit le geste de nouer quelque chose.

Le bonhomme en robe ressemblait à Dieu-le-Père; l'agent s'empêchait difficilement d'en rire.

Durant quelques minutes, le bonhomme fit la navette entre l'édifice et l'arbuste, toujours déroulant derrière lui un fil. Dans sa grosse tête, l'agent conclut qu'il s'adonnait à un jeu idiot. Peut-être amarrait-il l'édifice à un arbuste? L'agent s'amusait.

Le bonhomme s'enfonça dans le chèvre-feuille et n'en ressortit plus. Un soudain mal de tête fit chanceler l'agent. Paralysé par une mystérieuse pierre qui l'écrasait au sol, il voulut appeler à l'aide. Sa mâchoire était soudée.

Entre-temps, l'édifice avait sauté, crevé comme un ballon de baudruche.

Peu après, on appréhenda le patriarche. Il tenait à la main une valise contenant de délicats explosifs et de brillants détonateurs. On le conduisit sans égards derrière les barreaux.

On le rasa, on lui coupa les cheveux, on lui prêta une chemise, un pantalon et un veston. Dans sa tenue originale, il avait l'air imbécile et on était prêt à tout lui pardonner. Maintenant qu'il ressemblait à un employé honnête, on le condamnait déjà.

— Quel est votre nom?

— Dieu, répondit l'ex-bonhomme-à-barbe.

Ses papiers vérifiés prouvèrent qu'il avait dit vrai.

— Vous vous expliquerez devant le Juge!

Après des semaines d'attente dans un cachot humide empestant l'enfer, Dieu fut appelé par le Juge. Comme Dieu regretta d'avoir créé, pour en être privé, ses fleurs, son ciel et ses coussins de nuages!

Le Juge lui parla avec bonhomie:

— Vraiment, Dieu, vous m'étonnez!

Dieu répliqua par une question:

— Monsieur le Juge, êtes-vous heureux de vivre sur la terre?

— Oh! dit avec ravissement le Juge dont la jeune secrétaire venait enfin de lui accorder un rendez-vous.

— Aimez-vous la bonne petite terre? poursuivit Dieu.

— Je ne saurais vivre ailleurs, avoua le Juge.

— Savez-vous, continua Dieu, que la jolie petite terre est née d'une explosion allumée de ma main?

Malgré la sagesse de sa plaidoirie, Dieu fut condamné à sept années de réclusion totale durant lesquelles on s'ingénia à lui apprendre le code du paisible citoyen.

Il y a de cela sept ans. Les cheveux de Dieu ont repoussé, la barbe a reconquis sa majesté. C'est pourquoi, par un soir de brume, vous pourriez bien apercevoir un étrange bonhomme creusant à l'angle de quelque édifice...

L'amour
des bêtes

À SA FAÇON de sonner à la porte et de demander à boire, Boby jugea immédiatement qu'il n'avait pas affaire à un serin ordinaire. Son opinion fut confirmée quand l'oiseau refusa avec moult protestations le pain émietté que lui tendait sa main.

La générosité n'était pas la moindre vertu de Boby, surtout si elle s'adressait à un animal. Il lui présenta une assiette de bifteck et pommes frites. L'oiseau mangea avec appétit, disant que les meilleures pommes frites se mangeaient à Nuketbury, aux États-Unis, tandis que le bifteck le plus savoureux était sans doute celui de Boby. Ce compliment lui fit plaisir et l'honora. Assis en face du serin, il grignotait des miettes de pain.

— Il est maintenant l'heure de passer au lit, annonça Boby.

L'oiseau acquiesça

— Je vous conduirai à votre chambre, fit Boby.

L'oiseau acquiesça. Boby lui montra une cage qu'il avait depuis toujours:

— Elle sera confortable, constata Boby.

— Oh! certainement, dit l'oiseau. J'aime ses perchoirs et la baignoire…

Le serin y fit entrer Boby, ferma la porte, et alla se blottir dans le lit de son hôte.

Boby eut du mal à s'endormir. Il avait oublié ses cigarettes sur le bras de son fauteuil et le sommeil avait l'habitude d'attendre le signal de la dernière fumée. Alors il se résolut à essayer le vieux truc des moutons que l'on compte. Il dormit bien.

Les rayons de soleil tombaient depuis longtemps sur sa cage et Boby n'avait pas encore ouvert l'œil. Il s'éveilla à l'odeur du café. Le serin, en face de la cage, prenait son petit déjeuner. Il avait un trait d'inquiétude au front:

— Qu'as-tu, mon petit, tu ne chantes pas? s'enquit le serin.

Boby brûlait d'une insupportable envie de fumer. Au lieu d'entretenir la pensée de cette vilaine habitude bourgeoise, il siffla le premier air venu à ses lèvres.

Le serin secoua la tête en signe de désapprobation:

— Boby n'est pas bien, dit-il.

— Je prendrai des leçons de solfège, proposa Boby.

Le serin prit rendez-vous avec le vétérinaire:

— Il a le teint pâle, constata le savant homme. Il lui faut de l'air, le plus d'air possible.

Les habitants du quartier s'accoutumèrent à voir Boby perché durant de longues heures sur le rebord extérieur de la fenêtre. L'air pur du matin, la lumière de midi et la rosée du crépuscule composèrent un élixir prodigieux.

Boby reprit des couleurs. Autant le soleil déversait la lumière dans la maison, autant Boby déversait de musique. Il chantait tant que la pluie n'osait plus tomber. Devant Boby, le serin souriait, heureux. Afin de le récompenser, le serin servait à Boby des fameuses graines importées du Japon.

— Il s'habitue à moi, se répétait le serin. Encore un peu de temps, et il m'aimera.

Le serin ouvrait la porte de la cage. Boby prit même l'habitude, après quelques jours, d'aller d'une pièce à l'autre, et de sauter de fenêtre en fenêtre. À force de chanter, le visage de Boby s'était transformé. Ses yeux avaient emprunté la forme ronde des notes de musique. Chaque jour, Boby chantait plus que le précédent:

— Enfin, Boby est heureux!

Le jour où le serin prononça ces paroles fut aussi le jour où Boby s'esquiva.

Le choc fut violent mais le serin n'eut pas une larme. Du septième étage, il se jeta dans le vide.

Heureusement, un tas de feuilles mortes avaient été ramassées au pied du mur. Le jardinier y trouva l'oiseau inanimé, mais vivant. Il le cueillit doucement et de sa main calleuse, il lui prépara un lit douillet dans une cage.

Quant à Boby, on l'aperçoit quelquefois parmi les pigeons parasites de la Grande Place.

Les pas

UN SOIR, un homme revient chez lui. À l'endroit où il a le matin quitté les siens, il ne voit plus rien qu'une neige muette et sans mémoire. Il est pourtant sûr de ne s'être pas égaré. L'homme connaît aussi un village avoisinant. Il ne le trouve pas: une neige qui semble éternelle le recouvre.

Le soleil ne se couche pas, ce jour-là, et il ne se couchera plus. Depuis combien de temps l'homme erre-t-il ainsi dans la neige? Il ne le sait pas, à cause du jour sans fin. Il ne peut même pas évaluer le temps par sa fatigue car elle ne l'atteint pas. Il n'a pas faim; l'unique respiration le nourrit.

La neige est plate, terne, rude. Il avance sur une mer de plâtre égale. La surface blanche sur laquelle il marche est une immense coquille contenant l'univers. L'homme en a été rejeté.

Il n'a jamais habité d'autre pays que celui-ci. Il n'y reconnaît ni sentiers, ni bêtes, ni maisons. Tout s'est effrité en une poussière blanche qui ne se distingue pas de la neige. Autour de lui, rien ne bouge, rien ne s'agite, rien ne respire, rien ne s'épanouit, rien ne meurt.

L'homme se retourne parfois. La neige est invariablement semblable à elle-même.

Des traces apparaissent tout à coup. Ne croise-t-il pas ses propres pistes? Il approche. Il compare son pied à l'empreinte. Elle est toute menue. Une femme serait donc aussi vivante. De joie, il pousse un grand cri qui tombe comme un caillou dans la mer.

L'homme suit les pistes. Ses yeux ne les quittent plus. Il s'accroche à la corde bien tendue des petits pas de la femme. Il marche durant des jours encore. Il avance de plus en plus vite. Ses pas sont de plus en plus impatients. Il se hâte vers la femme au bout de ses pas dessinés dans la neige.

Plus loin, les pas de la femme sont moins creux dans la neige. Son pied était plus léger. Les traces sont moins précises. L'homme ralentit son allure. Il craint de n'embrouiller les pistes. Bientôt la femme marque la neige à peine comme un oiseau. Et il n'y a plus rien. La neige est implacablement vierge.

Alors l'homme se retourne. Il constate que la neige repousse la marque de son pas. Il applique fortement son pied. La neige est devenue du roc blanc.

Il refuse de s'aventurer plus loin.

Ne serait-ce pas son village, là-bas? Il court. Il souhaiterait avoir les jambes des géants légendaires.

Son village est tout parfumé de fleurs, tout musical de chants d'oiseaux et de cris d'enfants. Des bars l'enserrent, pleins d'amour. On l'invite à une table. Le pain est chaud. La soupe fume.

L'homme refuse. Il sort.

Depuis son retour, il erre dans le village et dans les champs environnants, les yeux rivés au sol comme s'il essayait d'y lire un signe précieux.

Histoire
d'amour

OYEZ! Oyez! braves gens, l'épopée d'un valeureux pompier qui devint amoureux de la jeune fille qu'il sauva!

Sophie connaissait tous les bonheurs, sauf celui du sommeil. Des nuits entières à sa fenêtre, elle espérait qu'il vienne la prendre. Sophie pâlissait. Sophie s'étiolait.

Elle avait essayé la lecture des romans; hélas! les récits d'amour n'endorment pas les jeunes filles. On lui avait aussi suggéré de compter non pas des moutons — ils ne peuvent provoquer qu'un sommeil vulgaire — mais des voitures de luxe: inutile. On lui proposa finalement de s'épuiser à des exercices physiques. Religieusement, Sophie plia son corps à toutes les distorsions de la gymnastique. Hélas! ce remède l'accablait de malaises.

Le désespoir la conduisit chez le célèbre Swâmi Vrahnadana:

— Chère et douce comme le miel demoiselle, déclama-t-il, voici un secret qui chassera de vous les démons insomniaques. Vous ne dormez pas parce que vous êtes trop lourde, moralement s'entend. Le sommeil est impuissant à vous enlever. Il faut devenir fumée, vous convertir en fumée.

Sophie était tout étonnée.

— Sous les draps blancs de votre lit, poursuivit le Swâmi Vrahnadana, n'ayez en tête qu'une seule image: la fumée. Ne pensez qu'à la fumée. Répétez-vous que vous êtes de la fumée, et ne croyez à rien d'autre. Alors le vent du sommeil gonflera vos voiles et vous voguerez sur les mers du ciel.

Le soir même, en mettant son pied dans son lit, Sophie commença à se chanter qu'elle était de la fumée. De la fumée bleue. De la fumée légère. De la fumée dansante. De la fumée qui s'élevait au ciel. Qu'elle sentait le parfum délicat de la fumée. Que la fumée montait de son lit. Que la fumée remplissait sa chambre. Que la fumée se répandait dans les autres pièces. Que la maison était remplie de fumée bleue, légère, douce.

Alors un coup de hache fendit la fenêtre, les vitres éclatèrent et bondissant de son échelle, un pompier surgit dans la chambre de Sophie, l'arracha de son lit, et la voyant si belle dans ses bras, il la baisa au front.

Puis se déroula dans cette chambre une scène d'amour si belle que Sophie croyait rêver.

Ils se marièrent quelques jours plus tard. Ainsi que le voulaient les mœurs d'une jeune fille honnête et la bravoure sans tache d'un pompier.

Depuis leur rencontre, Sophie avait tant de bonheur que le soir, elle en était épuisée, et ses beaux yeux se fermaient sur un amour indéfinissable.

Mais depuis le même moment, le courageux pompier n'avait pas fermé l'œil.

— Songe à de la fumée, lui conseilla Sophie, de la fumée de soie, bleue. Persuade-toi que tu es de la fumée, que tes jambes, tes bras, ton corps entier est de la fumée qui se perd dans la nuit.

Le remède fut inefficace. Sophie proposa alors à son époux d'aller ouvrir sa conscience au célèbre et saint Swâmi Vrahnadana.

— Si le sommeil vous est refusé, dit le savant homme, c'est parce que vous êtes trop lourd. Le sommeil refuse de vous prendre. Il n'aime pas l'effort. Faites-vous léger comme de la fumée…

— J'ai déjà épuisé votre remède sans que se produise le miracle. Dès que je songe à de la fumée, j'entends une sonnerie d'alarme, et je ne peux plus dormir: l'habitude, la déformation professionnelle...

— Le sommeil, dit le maître, ne souffre pas l'effort. Il ne souffre pas la contrainte. Ne résistez pas à l'alarme. Persuadez-vous qu'elle est réelle. Persuadez-vous qu'elle insiste. Persuadez-vous qu'un camion vous emporte à travers la ville. Persuadez-vous que vous grimpez dans votre échelle. Il vous faut oublier votre état d'homme étendu dans votre lit pour y dormir.

Ce soir-là, après avoir embrassé Sophie, le pompier mit son imagination en branle: il entendit une sonnerie d'alarme, il sauta dans un camion rouge, il traversa la ville et tous les obstacles s'écartaient devant son passage, il oscilla au bout d'une échelle, il enfonça une fenêtre.

À l'aube, dans une chambre aux fenêtres éclatées, aux murs roussis, dormaient du sommeil de l'amour heureux un pompier et la jeune fille qu'il avait sauvée, Annie.

Le réveille-matin

AURAIS-JE PU CROIRE qu'acheter un réveille-matin transformerait ma vie, jusque-là paisible, en un douloureux cauchemar?

Les premiers jours: rien à signaler. Il accomplissait sa tâche avec exactitude. À l'heure fixée, il venait heurter de son petit marteau à la porte de mon sommeil. J'aurais dû me méfier: la ponctualité des serviteurs leur est un moyen de subjuguer les maîtres. Je devais l'apprendre.

Je n'avais pas le lever prompt. La séparation d'avec la chaleur de mon lit m'était difficile. Cette lenteur expliquerait, je pense, pourquoi mon réveille-matin prit sur lui de sonner avant l'heure déterminée. Ce geste devint une habitude désagréable; je la supportai plus facilement que d'autres subséquentes.

Bientôt, il n'accepta plus que les lampes fussent allumées au-delà d'une certaine heure. Si ma femme et moi outrepassions sa volonté, le réveille-matin sonnait frénétiquement. De plus, il ne souffrait pas notre lecture au lit: sans doute savait-il que nos livres nous mèneraient fort avant dans la nuit. Dès que ma main se tendait vers un volume, il sonnait à rendre l'âme.

Devais-je voir là des preuves de son attachement pour moi? Aimait-il son maître au point de tenir à lui assurer d'excellentes nuits, et ainsi, préserver sa santé? Était-ce une façon de m'aimer que de surveiller, le matin, mon habillage et de sonner si par hasard ma cravate ou ma chemise ne lui plaisait pas? M'était-il dévoué au point de souhaiter que je sois l'homme le mieux vêtu de la ville? Je le crus un moment jusqu'à ce qu'il se passe dans ma maison quelque chose d'extraordinaire.

Nous étions au lit. Machinalement, mon bras s'allongea pour enserrer l'épaule de ma femme. Le réveille-matin se lança dans une éclatante diatribe sonore. Je pressais le bouton d'arrêt, j'avançais, je reculais les aiguilles; il sonnait, sonnait, sonnait, de plus en plus fort... Toutes les sonneries d'alarme de Londres réunies n'auraient pas fait un semblable vacarme. Je saisis le réveille-matin et le projetai par la fenêtre.

Était-il éternel, ce réveille-matin? Son mécanisme était-il indestructible? Loin de s'être tue, sa colère hurlait de plus en plus belle. Tout autour, les fenêtres s'allumaient et claquaient. Les protestations grondaient. Je me précipitai vers l'ascenseur. Entre mes mains, il fut secoué comme d'un rire, puis il se tut.

Quelques semaines plus tard, ma femme et moi célébrions un anniversaire de mariage. Pour cet événement, et parce que j'aime ma femme presque autant que moi-même, je lui avais acheté un collier. Elle en était ravie. Ses mains tremblantes de joie le passèrent à son cou. Qu'entendis-je? La voix du réveille-matin irrité. Allait-il se taire? Je le secouais, je le frappais contre la table, je tournais en tout sens ses aiguilles. Sa colère demeurait égale, aiguë: une effroyable torture. Ma femme eut alors l'idée d'enlever son collier et de le passer au cou du réveille-matin. Il se tut.

Hélas! la ruse géniale de ma femme s'avéra dans la suite avoir été une erreur. Elle avait donné à mon réveille-matin l'amour des cadeaux.

Je dus m'oublier, oublier ma femme et disperser mon salaire en petits présents pour mon réveille-matin. Si je ne pliais pas à ce rituel de la bonne entente, je devais subir l'avalanche claironnante; de même si le présent lui était d'intérêt moindre.

À ce rythme-là, il ne se passerait guère de jours avant que je ne dusse offrir à mon réveille-matin une voiture sport. J'avais d'ailleurs vendu la mienne pour m'acheter une bicyclette.

L'heure vint où il la réclama. C'en était trop! C'en était trop!

— Ma femme, ordonnais-je hors de moi, va me jeter cet infâme réveille-matin au fond du fleuve.

Elle n'est pas revenue.

La fin

J'ÉTAIS ASSIS paisiblement dans mon fauteuil de cuir, la tête renversée. Je reposais. L'atmosphère était paisible, douillette. Une ou deux mouches peut-être. La radio était une cage où les oiseaux chantaient si bien qu'ils n'existaient pas vraiment.

La voix du speaker s'éleva:

— On a découvert le corps inerte d'un homme dans son appartement de célibataire…

Le speaker précisa l'adresse; c'était dans l'immeuble où j'habitais. Curieux…

— La victime, continua-t-il, semblait s'être endormie dans son fauteuil en écoutant la radio…

Comme cela me ressemblait! J'eus un sourire indéfinissable.

— Un gendarme, lisait la voix, a trouvé sur une table une lettre adressée à son amie…

Tout le monde a sa petite amie à qui il écrit. Tenez: moi, par exemple, j'ai aussi ma petite amie; je lui écris même lorsque je peux la voir.

— La lettre a été lue à huis clos...

C'est-à-dire en présence de gendarmes, de photographes, de reporters, d'avocats.

— Cette lettre faisait allusion à une déception d'amour. La victime aurait été trompée par son amie...

Comme la vie est banale; comme l'histoire se répète: j'avais, cette journée-là, appris la trahison de ma fiancée.

— Sur une table voisine du fauteuil de cuir où gisait la victime, on a trouvé de plus un flacon de comprimés et un verre d'alcool. Le flacon était à demi vidé. L'alcool avait été entièrement absorbé. Un bref examen a permis d'affirmer qu'il s'agit d'un suicide.

— Évidemment! dis-je.

— Le cadavre, récitait le speaker, a été identifié comme étant celui de Monsieur Dupont.

Je fus foudroyé. Monsieur Dupont, c'était moi! J'allais bondir vers le téléphone mais j'étais devenu de plomb. Je me pinçai sans me sentir. Je me touchai au front; il était froid. Je n'arrivais pas à repérer mon pouls.

Il fallut me rendre à l'évidence: j'étais mort.

L'invention

APRÈS AVOIR DÉPENSÉ je ne sais combien de milliards en machines électroniques que des opérations trop complexes détraquaient, après avoir englouti dans ce travail une quarantaine d'années et son bonheur conjugal, après avoir usé ses yeux à lire les photographies de ses calculs, le Professeur Mac Anton annonça enfin la découverte du principe d'un moteur révolutionnaire.

Il restait à sculpter dans l'acier les formes matérielles de l'équation. Cela exigea quelques années encore. Le temps ne comptait plus car le Professeur Man Anton savait le moteur si intimement uni à sa vie qu'il aurait pu mourir sans tout à fait cesser de vivre. Avec patience et génie, les problèmes techniques furent résolus: le dernier boulon fut serré, la peinture de la dernière inscription fut sèche.

Le moment était venu: on pressa le bouton qui libéra la puissance du moteur. La terre fut secouée. D'un élan unanime, les applaudissements s'élevèrent. Les invités d'honneur célébraient l'avenir de la machine.

On n'avait pas encore vu le Professeur Mac Anton.

Le bruit du moteur rendit tout autre inexistant. Dans la tête des invités d'honneur, le pays se mit à grandir; plus le moteur tournait, plus le pays grandissait; il occupa bientôt la terre entière; et les invités d'honneur imaginaient aux quatre horizons des peuples ployant le genou devant le moteur.

Il tournait avec cette furie qui dut retenir le jour où un audacieux savant mit la terre en mouvement. Les invités d'honneur ironisaient: « Qu'est-ce que les cathédrales? Qu'est-ce qu'Homère? »

Pour arrêter le moteur, on supposa qu'il fallait presser un bouton, mais lequel? Le tableau de contrôle comportait autant de boutons qu'une carte géographique de France n'a de villages. On les pressa tous sans résultat.

Le Professeur Mac Anton connaissait sans doute la solution. Mais il n'était pas encore apparu.

Le moyen d'arrêter le moteur devait être simple. On ferma des robinets, des milliers de robinets. Qu'ils fussent tournés dans un sens ou dans l'autre, le moteur accélérait.

On desserra tous les boulons apparents. Le moteur n'en fut pas incommodé. On enleva les plaques d'acier qui lui formaient une coquille et l'on rencontra une jungle de bielles, de tubes et de fils entremêlés. On coupa les fils. On débrancha les tubes. On arracha les roues de leurs pivots. Les bielles ne cessaient d'être frénétiques.

Quelle formidable machine avait construite le Professeur Mac Anton! Mais où était-il donc?

On s'attaqua aux manivelles. Ce ne fut pas facile car elles allaient à une allure vertigineuse. Les pièces démontées formaient une montagne. Le fer acceptait si mal de se voir retirer la vie qu'il prenait la forme hallucinée d'un cauchemar.

Au lieu de s'apaiser, le moteur s'enfiévrait. Chaque coup qu'on lui portait semblait déverser en lui des flots de puissance. Des sismographes de villes lointaines enregistrèrent des vibrations alarmantes.

Le Professeur Mac Anton était réellement un grand homme. Même ses plus sincères ennemis l'avouaient. Mais comment arrêter sa machine démente?

On fit sauter les arbres, on bloqua les turbines, on fracassa les axes avec des gestes désordonnés. Le moteur s'enivrait à découvrir sa puissance illimitée.

De tous les côtés du monde affluaient des distinctions honorifiques pour le Professeur Mac Anton. Des écoliers en tabliers bleus prononçaient son nom avec admiration.

On ne désespérait pas de sa venue.

Finalement, les ingénieurs balistiques de l'armée proposèrent un plan qui fut approuvé avec empressement. On disposa en cercle autour du moteur des obusiers qui firent feu simultanément. L'explosion aurait anéanti une ville entière. Il ne resta du moteur qu'une montagne de cendre étrangement froide.

Tout n'avait pas été figé dans l'immobilité. De sous la cendre parvenait le rythme régulier d'un bruit sourd. On creusa. Le bruit se précisa. L'on découvrit bientôt un objet rouge, agité, un cœur.

La foule établit immédiatement un lien entre ce cœur et l'absence du Professeur Mac Anton.

La science

OUKE n'a d'autre ambition que de trouver sa voie. À cinquante-sept ans, la plupart des hommes se font croire qu'ils l'ont trouvée. Innocemment, Ouke cherche encore.

On lui dit:

— Ouke, mon pauvre Ouke, abandonnez; vous êtes dépourvu de mémoire.

Il est vrai qu'il n'a aucune mémoire: il ne retient même pas ce conseil.

Il a donc usé sa vie sur les bancs des grandes écoles et le long des sombres corridors menant à la science. Ils sont si sombres qu'il faut être aveugle pour s'y sentir à l'aise. De chaque côté, des centaines de portes sont immobiles, numérotées, muettes. Là meurt toute rumeur terrestre.

Des gens attendent, ombres aiguës, impatients, nerveux, fatigués. À tous les siècles, croirait-on, la porte bouge; une voix caverneuse appelle; l'éternité engloutit celui qui vient.

Ses cinquante-sept ans ont permis à Ouke de pénétrer derrière chacune des trois mille trois cent trente-trois portes de sombres corridors de la science. Il a rencontré chacun des hommes dont les titres étaient inscrits sur les trois mille trois cent trente-trois portes. L'ont reçu des sapajous, des tousseurs, des cancéreux, des myopes à prendre un rat pour le bon Dieu, des ombres chinoises, des distraits qui vous dessinent des figures géométriques dans le dos; Ouke a causé avec des savants cynocéphales marqués par la consomption, l'inertie, l'anémie, le rachitisme, la chlorose, l'athrepsie, l'étisie, l'asthénie. La science invisible aime s'incarner dans les plus inimaginables déguisements.

Jamais Ouke ne désespéra de recevoir la goutte d'eau fraîche sur sa langue d'homme assoiffé. Chaque savant lui disait:

— Ouke, pauvre Monsieur Ouke, abandonnez; vous n'avez pas de mémoire.

Persuadé que la mémoire ne méritait pas plus que le dédain qu'il lui accordait, Ouke passait à la porte suivante et attendait qu'on le reçoive.

Un jour, ce fut encore son tour d'être appelé. De bossu, d'asthmatique, de cracheur, point. Mais une fine main blanche se tendit vers lui comme un lys à cueillir. Ses yeux rencontrèrent une chevelure magnifique. Ouke dut les fermer aussitôt; on ne regarde pas le soleil. Et deux seins couronnés d'un nuage de dentelles semblèrent aussi inaccessibles que la pointe de la plus élevée montagne. La respiration de la femme joua dans sa tête le rôle d'une brise de printemps. Prenant la main, Ouke pensa toucher à l'azur. La femme l'entraîna. Elle marchait devant lui. Ses vêtements s'évanouirent un à un. Son corps apparut sculpté dans du charbon incandescent. Ses bras étendus peuplèrent la pièce d'un arc-en-ciel. La femme indiqua à Ouke un lit qui participait à la fois du lac très calme et du feuillage doucement remué.

Ce fut un voyage ineffable. Ce pays merveilleux n'a son nom ni sur les mappemondes, ni dans les dictionnaires. La terre entière n'aurait pas été assez vaste pour contenir une miette de son bonheur.

Ouke comprit qu'il avait trouvé sa voie. Son rire profana les corridors sombres. Il sentit son bonheur comme du feu à ses vêtements. Il courut au bistro voisin.

Ouke devint volubile. Il raconta son aventure fabuleuse. Elle sera gravée au fer rouge dans sa mémoire malhabile.

Hélas! Ouke avait déjà oublié un détail: le numéro de la porte merveilleuse, l'une des trois mille trois cent trente-trois portes des sombres corridors de la science.

Le téléphone

MONSIEUR LE PRÉSIDENT GÉNÉRAL est absent, il est en voyage d'affaires aux Îles Canaries, répondait Ug.

Vivre n'est pas en soi un bonheur; pourquoi une existence malheureuse est-elle en plus infligée à des hommes? Ug, venu d'un pays d'Europe pour tenter fortune en Amérique, n'était accablé d'aucun autre problème. Le reste de sa vie était assuré par un chèque généreux de son patron, qu'il ne connaissait pas, mais dont il avait beaucoup entendu parler vu ses fonctions de téléphoniste.

En effet, tous les appels concernant le Président général étaient dirigés sur Ug et son intelligence devait se dépenser à répondre:

— Monsieur le Président général est absent, il est en voyage d'affaires aux Îles Canaries.

Ug ne mentait pas. Le Président général dilapidait ses jours au soleil des Îles et Ug avait pour mission de le répéter à chaque sonnerie qui ébranlait sa loge. Tristement, la vie d'Ug s'évaporait dans une pièce aux murs rouges recouverts d'affiches reproduisant des vues paradisiaques des Îles. La pièce était juste assez grande pour contenir Ug, sa chaise, sa table, son téléphone et sa pipe; le palace du Président général avait cent fenêtres sur la mer.

Ug commençait à nourrir une bien sombre pensée et cette fleur épineuse croissait plus rapidement que les roses de son jardin. Ug comparait sa loge à un tombeau. En quelques jours il était devenu livide. Cette grande fatigue n'apparaissait pas à la personne qui entendait:

— Monsieur le Président général est absent, il est en voyage d'affaires aux Îles Canaries.

Ug dépérissait dans son costume noir; les affiches de sa loge s'embrouillaient et devenaient noires; la petite lampe électrique déversait une lumière funèbre. Les sonneries du téléphone résonnaient comme les coups de clairon d'un ange exterminateur. Plus sa loge ressemblait à un tombeau, moins Ug ressemblait à un homme vivant. Un jour, il devait répondre comme d'habitude:

— Monsieur le Président général est absent, il est en voyage d'affaires aux Îles Canaries.

Ug ne put prononcer le mot: Canaries, ni raccrocher. Il était mort.

Jusque-là, Madame Ug était heureuse de vivre et elle n'aimait pas moins son mari que les autres hommes. Elle fut une veuve éplorée. Elle demanda à remplacer son mari à son poste. On lui accorda unanimement un charme exotique quand elle répondit:

— Monsieur le Président général est absent, il est en voyage d'affaires aux Îles Canaries.

Le nombre d'appels téléphoniques doubla. Quelques semaines plus tard, il avait quadruplé.

Pour lutter contre la tristesse, avant de partir pour ses interminables journées dans sa trop petite loge, elle soulignait la douceur de ses traits d'un maquillage justement exagéré et s'habillait d'une élégance discrètement excentrique. Elle n'en était que plus jolie, et plus douloureux son drame. Qui s'en serait soucié quand elle disait au téléphone:

— Monsieur le Président général est absent, il est en voyage d'affaires aux Îles Canaries.

La fleur épineuse qui avait crû en l'âme de son mari s'épanouissait aussi en celle de Madame Ug. Bientôt elle eut en tête une idée bien lourde pour une jeune veuve: que la loge où elle travaillait était un véritable tombeau. Elle y eut froid. Elle y respirait de plus en plus mal. Elle se maquilla moins. Elle cessa même tout à fait de le faire. Sa toilette devint sévère, puis entièrement noire comme si elle avait voulu porter le deuil, tardivement, de son mari. Hélas! c'était le sien qu'elle commençait à porter. Plus la fleur noire envahissait son âme, plus Madame Ug dépérissait. Sa loge devint vraiment un tombeau qui l'abrita: elle alla rejoindre Ug au pays des morts.

Et c'est ainsi, qu'un jour de soleil et de brise et de fleurs et d'oiseaux, Monsieur le Président général vit arriver, lui tendant la main, deux fantômes déguisés en touristes vivants:

— Quelle journée magnifique! dirent-ils d'une voix non caverneuse.

— Certainement, surenchérit le Président général, ici on souhaiterait ne pas mourir.

L'âge d'or

GOLDEN CITY semblait née pour n'avoir pas d'histoire. Chaque habitant avait sa maisonnette à rideaux brodés, son chalet, ses fleurs dans son jardin. Cela n'était pas le bonheur, mais chacun était satisfait d'un état qui lui ressemblait. Sages gens, ils avaient choisi de jouir de leurs biens plutôt que de souffrir de leurs désirs.

Mais un homme de Golden City cherchait de l'or et en trouva. Un peu plus profond que les racines des fleurs, ses doigts heurtèrent des pépites. Alors s'imposa le nom de Golden City. Jusque là, la ville n'avait jamais songé qu'elle était sans nom.

Golden City dansa comme une jeune fille ivre. Les jardins furent déchiquetés, les chats mouraient au fond des excavations, les maisonnettes furent renversées à cause de la terre qu'elles occupaient. Les citadins enrageaient d'avoir si longtemps subi une vie médiocre. Se jugeant gravement coupables, ils se condamnèrent au bagne du travail.

Ils creusaient, bêchaient, des jours entiers sans sommeil, ils maudissaient toutes les siestes prises alors qu'ils ne souhaitaient rien d'autre. En ces moments, la joie et le désespoir ne se distinguent pas.

L'or s'amoncelait dans les havresacs. L'or débordait des tonneaux. L'or encombrait les voûtes des banques. Et le sol de Golden City était inépuisable.

D'interminables trains charrièrent l'or de Golden City à travers l'Amérique entière. Des cargos chargés d'or traversèrent les mers et déversèrent leur cargaison dans les contrées les plus lointaines et les rassasièrent. De hardis aventuriers, dans leurs pirogues, portèrent à des peuplades ignorées ce métal qu'elles adoraient déjà sans le connaître.

Grâce à l'or de Golden City, il fut édicté que les constructeurs ne devraient désormais utiliser d'autres matériaux que l'or. Des poutres, des piliers en furent coulés; les parquets entiers furent d'or; les murs s'élevèrent de pur or. Les routes et les ponts furent d'or. L'on élargit la législation à tous les continents. Dans les jungles les plus vierges, les sauvages dormaient dans des tentes tissées d'or.

De Golden City, l'or jaillissait intarissablement. Qu'en faire? Un savant chimiste trouva un moyen de la transformer en un liquide durable et limpide. Asséchés, les rivières et les fleuves furent remplis de ce bel or dans lequel il était doux de se baigner et qui, à la navigation, offrait un charme charnel. Les fleuves allaient à la mer; l'or l'envahissait. Et l'or revenait en pluie à la terre.

Peu à peu, la terre entière se faisait or, et les fruits qu'elle donnait s'enrobaient d'or.

Mais personne n'avait plus faim. Personne ne s'extasiait plus devant un arbre aux frémissantes feuilles précieuses. Les habitants désertaient leurs villes. Personne ne se baignait plus au fleuve. Les marins s'ennuyaient sur la mer.

Golden City s'agita. Golden City se sentit perdue. Golden City agonisait. Golden City mourut.

Voilà l'histoire de cette ville dont même les guides touristiques ne parlent pas. Si quelque écart de route vous y conduisait, vous serez étonnés des nombreux mendiants, dans leurs costumes d'or, qui vous tendront une poignée d'or, vous disant:

— Faites-moi la charité d'accepter un peu d'or!

La paix

AUSSI ÉTROITE qu'une allée de jardin, cette rue est dédaignée des voitures et des démolisseurs. Elle fait soupirer aux amoureux des « ah! » illuminés; encore un passage d'amoureux est-il un rare événement.

On y entend respirer les fleurs et se pâmer les papillons. On pourrait croire que l'habiter est la source d'un inépuisable bonheur. Ce serait erreur et naïveté. Le Capitaine Roy s'y morfond comme en un cercueil. Sa tête ne quitte pas la fenêtre; ses yeux ne cessent de surveiller la rue. On pourrait aussi croire qu'il joue à la sentinelle en un terrain semé de dangers. Ce serait encore erreur et naïveté. Le Capitaine Roy sait qu'il ne combattra plus jamais, que les pavés de sa rue et les pierres des maisons sont immobiles éternellement. C'est cette pensée, toujours la même, qu'il tourne et retourne à sa fenêtre.

Cette rue manque de surprises. Les deux sabots qui d'un rythme lent sonnent contre les pavés une fois par jour ne sauraient di-

vertir le Capitaine Roy. Si les sabots s'ani-
maient soudain en une danse frénétique, cela
recréerait peut-être le Capitaine Roy, ancien
fervent danseur. Mais leur allure a l'uni-
formité d'un tic-tac de pendule.

Curieusement, si le visage de cire à la
fenêtre — le visage du Capitaine Roy —
remuait d'un sourire, les sabots de la Mère
Lacroix seraient semblables à deux petites
bêtes folles à cause du printemps.

Mais le visage du Capitaine Roy n'a aucune raison de sourire. Et les sabots de la
Mère Lacroix n'ont aucune raison de danser.
Alors la tête du Capitaine Roy demeure de
cire à sa fenêtre et les sabots de la Mère
Lacroix s'acharnent à répéter leur musique
plate.

La placidité du visage du Capitaine Roy à
sa fenêtre pourrait être soulevée d'une
brusque colère; ses yeux chavireraient, les
injures tonneraient dans sa bouche. À ce
moment, les sabots dégringoleraient avec
fracas.

Il pourrait aussi arriver qu'exaspérée, la
Mère Lacroix saisisse un sabot et le projette
contre le visage du Capitaine Roy.
L'événement ne serait pas sans grandeur.

Hélas! aucune de ces hypothèses ne se réalisera dans cette petite rue où la vie est prisonnière des pavés et des briques.

En somme, l'on peut dire que tout va bien, que tout est tranquille.

Après une carrière militaire fleurie d'explosions et de morts, après avoir donné une jambe à la guerre, le Capitaine Roy s'ennuie au défilé monotone des jours.

Quant à la Mère Lacroix, elle a eu assez de joie dans sa vie pour souffrir de ses sabots trop lourds. Et comment se résoudrait-elle à ce que l'unique visage d'homme de sa rue soit si peu vivant?

Rien n'arrachera la rue à son destin. Elle semble condamnée à entendre des sabots de vieillarde traîner une fois par jour sur ses pavés pendant qu'un vieillard, le visage impénétrable, la regarde passer.

Pourtant, un jour semblable à tous les autres: détonation! La Mère Lacroix s'écroule. Ses sabots ne sonneront plus sur les pavés muets. Le Capitaine Roy a revécu une des émotions fortes de sa jeunesse militaire. Son coup de feu a ressuscité la rue. Mais le silence plus fort l'a reprise.

Soudain une jambe de bois marque le pas énergique d'un ancien soldat. Le Capitaine Roy a repris le trajet de la défunte Mère Lacroix. Et voici surgir à sa fenêtre une vieille femme à l'œil implacable qui le regarde venir.

L'ouvrier
modèle

MONSIEUR BLACK, dont les édifices com-
merciaux occupent le côté nord de la Fisher
Street à New York, a fait visser à la porte de
l'entrée principale une large plaque de cuivre sur laquelle est gravé: *The Scott Black
Company Limited*, President Mr. Scott
Black.

Un employé, dix fois le jour, venait caresser
de son torchon huileux la plaque de cuivre.

Sans doute n'était-ce pas suffisamment de
soins puisque Monsieur Black dit:

— Je veux qu'un homme empêche toute
poussière de se poser sur mon nom.
L'homme fut choisi:

— Et que ça brille, ordonna Monsieur
Black!

Vint le premier de l'An. Monsieur Black,
patron humanitaire, avait l'habitude de ré-
unir ce jour-là ses ouvriers pour leur serrer
la main. Les ouvriers profitaient de cette

occasion pour exposer leurs griefs écoutés d'une oreille attendrie:

— Patron, dit l'un d'eux, je me suis usé à votre service.

Cet homme était le préposé à l'entretien de la plaque de cuivre.

— J'ai usé ma main à faire briller votre nom, continua l'employé en exhibant un moignon.

Monsieur Black le félicita, lui décerna une médaille:

— Tu es un bon ouvrier! Continue, et que ça brille!

Un an plus tard, Monsieur Black vit s'approcher de lui un homme sans bras:

— J'ai usé mes deux bras à votre service dit l'employé. Par mes soins, votre nom a brillé sur Fisher Street comme jamais nom n'y a brillé.

Monsieur Black lui épingla une médaille sur la poitrine, lui tapota l'épaule d'une main chaleureuse et lui dit:

— Poursuis ta tâche, et que ça brille, fidèle ouvrier!

Le Premier de l'An suivant, l'ouvrier décoré vint à la Réception sautillant sur une jambe unique. L'ingénieux employé avait trouvé une façon de faire son travail malgré la privation de ses bras:

— J'ai usé, dit-il à Monsieur Black, mes deux bras et une jambe à faire briller votre nom sur Fisher Street.

Monsieur Black posa deux mains paternelles sur ses épaules, lui décerna une médaille de mérite, lui fit cadeau d'une montre et lui dit:

— Poursuis ton travail: tu es un fidèle serviteur! Et que ça brille!

Par les soins acharnés de l'employé, le nom de Monsieur Black fut le soleil de la Fisher Street, durant toute une année encore.

Selon l'habitude, l'An nouveau s'ouvrit par la Réception de Monsieur Black. Il fut étonné et touché d'apercevoir parmi son personnel un cul-de-jatte en équilibre sur une sorte de chaise à roues poussée par une main charitable. L'âme chavirée, Monsieur Black alla vers lui:

— Qu'as-tu donc, pauvre homme?

— J'ai usé mes membres à votre service. Mais je ne regrette rien. Jamais nom n'a brillé comme le vôtre en Amérique.

— Tu es un bon serviteur, dit Monsieur
Black.

Il lui caressa la tête; puis après l'avoir
félicité de son intégrité, de son assiduité, il
lui décerna un diplôme d'honneur, le cita
publiquement en exemple à son personnel,
et se fit photographier à côté de lui. Mais,
dans sa tête de président de la *Scott Black
Company Limited*, il avait décidé de
congédier l'inutile.

Magie noire

CE FAIT DIVERS s'est déroulé dans un sordide hôtel égaré parmi les usines. Tant de suie l'a recouvert que les fenêtres se confondent avec le mur.

Depuis toujours, Syphus, le patron, refusait l'hospitalité aux personnes de couleur. Il aimait cette bonne blague jouée à l'humanité. Aux clients blancs, il avait prêté parfois son propre lit. Mais aucun fils d'esclave ne serait entré dans cette forteresse, l'eût-il bombardée.

Un Noir vint un jour de très loin, d'un pays si petit que l'ombre d'un dattier le recouvrait entièrement, et si riche qu'aucun pays du monde, toutes ses banques fussent-elles réunies, n'aurait eu assez de voûtes pour en contenir les trésors. Sortir de ses poches deux poignées d'or, les jeter au concierge fut un geste simple.

Ahuri, le concierge appela son patron. Le Noir tendit à Syphus une débordante poignée de diamants. Syphus l'accepta et lui intima l'ordre de sortir. Syphus était homme de principes. Incorruptible. Le Noir répondit par une autre poignée de diamants, selon la patriarcale sagesse.

— Si j'accepte un nègre dans mon hôtel, raisonna Syphus, il me faudra accepter tous les nègres, donner chambre, lit et pension à tous les nègres qui viendront, n'est-ce pas?

Le concierge approuva.

Ayant ouvert sa valise, le Noir la tourna à l'envers. Une cascade d'or inonda le parquet. Le patron et le concierge se jetèrent à genoux. Leurs mains étaient devenues des bêtes affamées. Le Noir souriait à la pensée de son petit pays où l'or pousse comme les bananes.

— Devons-nous accepter ce nègre? demanda le concierge.

— Si nous accueillons de nègre, il nous faudra abriter tous ceux qui viendront sonner à ma porte…

— Peut-être ces nègres ont-ils tous des valises remplies d'or?

Le Noir ouvrit alors son veston. Un flamboyant ceinturon d'or serti de pierreries apparut.

— Nous acceptons ce nègre! Nous acceptons ce nègre!

Ils le conduisirent dans la plus belle chambre de l'hôtel. Après moult prévenances et courbettes, après moult hommages, ils le quittèrent.

Le Noir s'endormit, heureux de vivre, fier de la haute considération qu'avait reçue sa personne. Le concierge ronfla tout de suite. Syphus n'avait pas encore fermé l'œil quand il vit l'aube s'étendre comme une tache d'encre blanche sur la terre noire. Peu à peu noyée de lumière, la terre devint toute blanche. Syphus songea au Noir qui, couché là-haut, demeurait noir, noir, noir...

— Il me faudra maintenant accueillir tous les nègres qui viendront... Je serai le seul blanc; mon concierge et moi seront les seuls blancs, deux cailloux blancs roulés par une mer de nègres...

— Concierge! Concierge! sors-moi ce nègre, ordonna le patron.

Le concierge obéit. Syphus entendit hurler les injures qu'il avait souhaitées. Puis tout cessa. Le concierge revint bredouille:

— Le nègre refuse de sortir, annonça-t-il.

— Imbécile! Tu n'as pas appelé à l'aide? Ses voisins ne demanderaient pas mieux que de s'offrir un nègre à rosser.

Le concierge retourna. À l'étage supérieur, des bruits de pas, des portes secouées, des injures, des jurons, des bousculades, des coups. Le concierge redescendit affolé:

— Dites que je suis devenu fou! bégaya-t-il. Il n'y a plus un blanc dans cet hôtel. Croyez-le ou non, les clients entrés blancs dans cet hôtel hier, ce matin sont des nègres, des nègres qui n'ont de blanc que les dents et les yeux!

— Malheur! Malheur! Malheur! sanglota Syphus.

D'un tiroir, il sortit un revolver, le tendit au concierge:

— Va les tuer tous!

Le concierge acquiesça d'un sourire sanguinaire. Vingt-sept coups de feu claquèrent. À chacun, Syphus inscrivait une croix à côté d'un nom enregistré. Le concierge réapparut:

— Je les ai tous eus.

Comme frappé lui-même d'une balle muette, Syphus s'évanouit: son concierge était devenu Noir.

Le concierge de précipita au secours de son patron. À son tour, il défaillit. Le visage de Syphus était d'un noir d'ébène.

Le métro

J'ENVIE Monsieur d'être jeune, me dit la concierge. Ce matin-là, elle m'avait paru plus courbée qu'à l'ordinaire. Ses lèvres étaient lâches. Il me sembla qu'elle avait encore des dents, la veille.

Ce matin-là, des ombres sans corps peuplaient la grisaille humide de la rue, rasaient le mur, boitillaient, tremblotaient, hésitaient. Le poids de la nouvelle journée leur était écrasant. Moi, de mon pas alerte habituel, j'allais vers mon travail comme vers une femme aimée.

Mon vendeur de journaux me reprocha:

— Vous ne me saluez pas aujourd'hui, Monsieur?

J'échangeais d'ordinaire quelques mots avec lui. Incroyablement, je ne l'avais pas reconnu! Il m'apparut avoir vieilli, depuis la veille, de plusieurs années. Les rides torturaient son visage.

À la station du métro, les employés étaient
des vieillards appuyés sur une canne ou sur
une béquille. Beaucoup étaient étendus dans
des lits avec leurs casquettes d'employés. La
poinçonneuse était aveugle. Sa main
tremblante n'arrivait pas à saisir mon ticket.

Le quai souterrain était désert. Un vieil
homme, un contrôleur sans doute, m'insulta
sous prétexte que je retardais le départ du
train. J'hésitais simplement à monter dans
un train que ses fenêtres me montraient
hanté par de hideuses vieilles têtes. Je
m'accommodais généralement bien de la
décrépitude mais monter dans un train bondé
de vieillards avait de quoi m'inquiéter. Voilà
pourquoi je courais le long du train à la
recherche d'un wagon sans vieillards. Je
trouvai enfin un wagon vide.

À la station suivante entra une dame âgée,
droite comme une épée. Elle portait une
grosse fleur de papier à son chapeau. Cette
fleur me fascinait; je n'arrivais pas à garder
les yeux dans mon journal.

Le métro cueillait une grappe de voyageurs à chaque arrêt. Rien que des vieillards
ce matin-là! Le pas entre le quai et le wagon
leur était un précipice. Ils arrivaient
exténués avec des respirations grinçantes.
Leurs costumes extravagants avaient l'air de

provenir de vieilles malles abandonnées. Le bruit de leurs cannes et de leurs béquilles entrechoquées me torturait.

J'étais le seul jeune homme du wagon. La pensée que mes compagnons avaient trois et quatre fois mes vingt ans me donnait le vertige. Parmi eux, j'étais égaré en une forêt morte où rien n'est vivant que l'angoissante odeur de cendres. Le cœur me battait comme après une course folle.

Les banquettes étaient remplies. Les voyageurs affluaient. Ils avaient la chair des dattes séchées. Ils s'entassaient maintenant dans les allées, serrés les uns contre les autres, bougeant d'un même balancement. L'air était intolérable. Ils s'étaient baignés dans du parfum pourri. Leur voix coulait sur moi en une épaisse mélasse. Ils ne savaient parler que des personnes et des choses mortes.

Mon compagnon de banquette ne bougeait plus depuis quelques minutes. Il avait laissé tomber sa tête sur mon épaule. Le poids me gênait. Après réflexion, je soulevai l'épaule d'un coup sec. Il roula par terre. Personne ne s'émut. On trouva normal qu'il ne se relevât point. Le voyant mort, je criai. Ma voix m'étonna. Elle était toute enrouée, à cause de l'air pollué sans doute, Je voulus m'élancer pour fuir. Les os de mon corps étaient lourds. Le trajet m'avait fatigué. Je sortis doucement. Mon dos était douloureux comme après une nuit de cauchemars.

L'escalier vers la surface me parut comporter des milliers de marches. Il me fallait sans cesse me reposer. Quelqu'un s'offrit à m'aider. C'était gentil; je l'en remerciai.

J'avais hâte de respirer l'air matinal et de voir enfin la lumière du soleil. À mon grand étonnement, le jour était encore plus noir qu'à ma descente dans le métro.

Mon compagnon n'avait pas laissé mon bras. Nous marchions dans l'incompréhensible nuit sans parler. Parfois, nous nous arrêtions, à un feu rouge peut-être, puis nous repartions lentement, en silence. Après quelques minutes, mon compagnon m'annonça qu'il me quittait:

— Grand-père, voici l'hospice, me dit-il.

La robe

LES SEULES belles histoires d'amour sont les vraies et les histoires vraies sont banales. J'ai refusé toujours de parler de ce sentiment sans surprise. Sans doute n'aurais-je jamais abordé ce sujet si je n'avais été témoin d'un fait exceptionnel.

Une vitrine de magasin présentait une robe de mariée. La porter aurait honoré la plus authentique princesse et fait une fée de la plus balourde bonniche. Le couturier avait réussi l'exploit d'appliquer au tissu l'air de bonheur qui resplendit au visage des jeunes mariées.

Les promeneurs s'arrêtaient devant cette vitrine comme devant les autres, mais lorsqu'elles poursuivaient leur route, les jeunes filles étaient revêtues d'une nouvelle beauté et les vieilles dames d'une jeunesse inconnue.

Une jeune fille semblait vouer un culte particulier à la robe. L'aurais-je remarqué si je ne l'avais vue le front collé contre la vitre convoiter la robe durant au moins quinze minutes et, sentant mon regard sur elle, s'enfuir vivement?

Assis sur un banc, je lisais très distraitement mon journal. J'essayais d'imaginer la biographie de cette jeune fille. Était-elle une future mariée? Ou bien, dépitée par un fiancé volage? Il était vain d'énumérer ces conjonctures. La vie de la jeune fille ne me regardait pas ni ses sentiments.

Perdant mon temps un autre soir, à la façon de tous les gens heureux, je vis la jeune fille surgir du cercle lumineux d'un lampadaire. Elle se faufila dans l'ombre jusqu'à la vitrine, se serra contre la vitre, regarda d'un côté puis de l'autre pour s'assurer qu'elle n'était pas vue. Puis elle passa à travers la vitre comme on plonge dans un eau claire. Avec une rapidité qui n'était pas terrestre, elle pulvérisa le mannequin de carton, enfila la robe. Tout redevint immobile.

Après ce prodige, je ne pouvais plus passer devant cette vitrine sans me demander si la robe était portée par la jeune file ou le mannequin. Le problème m'amusait, certes, mais mon égoïsme me poussa à ne pas me préoccuper de cette affaire. Ce fut encore

contre ma volonté que je fus amené à multi-
plier les hypothèses...

Je retournais chez moi après une rabelai-
sienne soirée. Poussé par quelle force, je
levai les yeux vers le ciel de la ville aussi gai
que l'avait été notre soirée. Ce geste aurait
été sans conséquence si je n'avais aperçu un
petit nuage blanc descendre vers la terre.
Peur? Curiosité? Je me reculai sous une
porte cochère. Et je vis se poser la jeune fille
épanouie dans sa robe de mariée, fleur
étrange. Elle courut vers la vitrine, franchit
prestement la paroi de verre et s'immobilisa
à la place habituelle de la robe.

Il m'apparut clairement que la jeune fille
était consumée d'un grand amour impossible. Cette interprétation des faits me parut
rationnelle.

Le lendemain, j'allai selon une chère habitude boire mon café matinal au bistrot.
J'aime le café quand à son arôme se mêle le
parfum gris des potins du quartier. Albert, le
garçon, monopolise les plus récents.

La chose la plus incroyable est arrivée cette
nuit, me dit-il. Auriez-vous pu imaginer qu'on
ait trouvé dans une vitrine une robe de mariée,
jamais vendue, jamais portée, trouée à la
hauteur du cœur et tachée de sang?

Cela, non, je n'aurais jamais pu l'imaginer.

Le pain

IL N'ÉTAIT PAS un homme d'ici. Sa langue était d'ailleurs. La couleur de sa peau n'était pas d'ici. Sa démarche n'était pas d'ici, ni sa douceur.

On lui mit un balai entre les mains, on lui prêta un uniforme, et lui fut confiée la mission de chasser les saletés de la ville. En échange de son labeur, on lui donnerait du pain. C'est le seul mot qu'il comprenait.

Un camion le conduisit aux limites de la ville, le déposa dans une rue qui appartenait à peine à la ville. Passant dans les beaux quartiers, on lui avait expliqué qu'il balaierait peut-être un jour ces rues parfumées d'arbres, de gazon et de fleurs. L'étranger n'avait rien compris et s'était tu.

Le soir, le camion retourna pour cueillir l'étranger. La ville était un gigantesque *mots-croisés*. On ne retrouva pas la rue. On convint qu'il y avait erreur quelque part. On chercha un peu au hasard des rues voisines.

Et l'on abandonna; l'homme trouverait bien le chemin de retour.

L'homme avait balayé toute la journée. Il balaya toute la soirée. Comme personne ne venait, il balaya toute la nuit. Il balaya sans s'inquiéter toute la journée suivante. Il balaya une deuxième nuit. Il travaillait avec un rythme qui n'était pas d'ici et une patience qu'on ignorait. Il balaya des jours et des nuits. Il balaya des semaines sans que personne ne lui apportât son pain.

L'on vint des mois après. On lui arracha son balai, on le poussa dans une voiture aux fenêtres grillagées. Non seulement l'étranger ne ressemblait plus à un homme d'ici, il ne ressemblait plus à un homme. Il pensait, en ses mots étrangers, que l'heure du pain avait sonné et il souriait. On l'enferma entre des murs de brique qui sentaient l'urine. On verrouilla une porte de fer.

Pesait sur lui une accusation de sabotage. Il avait détruit un quartier entier de la ville. Touchés par son balai, l'asphalte, le béton, le fer des structures, des voitures et des bicyclettes, les pierres des maisons, les habitants, même les enfants, les chiens s'évanouissaient sans laisser plus de traces que s'ils n'eussent jamais existé. Sous le balai, tout crevait comme bulle de savon, tout s'effaçait.

Dans sa cellule, il attendit son pain. Après des jours d'espérance, la porte de fer ne s'était pas encore ouverte sur le pain. Il eut envie de crier mais il savait qu'il ne serait pas compris puisque sa langue n'était pas d'ici. Il se tint coi.

Des enfants qui n'étaient pas nés à son entrée en prison avaient des enfants quand il sortit gracié, avec d'autres criminels, par un Général attendri. Comment aurait-il pu savoir que tant d'années avaient passé puisqu'il ignorait la langue et les chiffres d'ici?

Il commença par marcher craintivement autour de l'édifice où une partie de sa vie s'était confondue avec une longue nuit. Il s'en éloigna peu à peu, agrandissant son cercle à travers les rues en quadrilatères. Il oublia tout à fait cet édifice et ses années noyées dans la nuit.

Il marcha des heures. Il marcha des jours. Il erra des semaines, espérant toujours rencontrer la personne qui lui devait du pain.

Quelques mois plus tard, une main toucha son épaule: on lui offrit un balai et un uniforme; on lui confiait la mission de défendre la ville contre les saletés, en échange de quoi on lui donnerait du pain.

L'étranger accepta.

Il se mit à la tâche avec un sourire dont la méchanceté n'était pas d'ici.

DOSSIER

PETITE HISTOIRE DE *JOLIS DEUILS*

Par Roch Carrier

Écrire, c'est apprendre à voir. Lorsque j'écrivais Jolis deuils, *j'étais un écrivain débutant. Après avoir fait quelques poèmes, j'entreprenais de raconter mes premières histoires. Je vivais alors en Europe; mon scooter Lambretta était mon cheval d'aventures. Mes yeux n'étaient pas assez grands. J'écrivais deux, trois contes par jour. C'était facile! Je voyais un Africain avec son balai de brindilles dans le caniveau de la rue, et c'était un conte. Il faisait froid dans mon appartement à la suite d'une pénurie de gaz en bonbonne, et c'était « l'Hirondelle ». Je lisais* France Soir *et cent histoires surgissaient à mon esprit. Je regardais. J'écoutais. Je sentais. Je touchais. Je goûtais. Voir, c'est tout cela. Un écrivain doit apprendre à regarder avec ses cinq sens, mais aussi avec ce sixième sens que personne n'a défini mais qui est indis-*

pensable. Un écrivain qui ne regarde qu'avec ses yeux est un aveugle.

J'apprenais à voir autrement que l'œil du passant pressé. Des gens, vous le savez, traversent la vie, sans la voir. Moi, je regardais affamé, curieux, avide, intéressé. L'écrivain doit regarder autrement.

J'ignorais alors qu'un vieil écrivain, beaucoup d'années plus tôt, avait donné à un jeune écrivain le seul conseil utile: « regardez quelque chose, même la chose la plus banale, regardez-la jusqu'à ce qu'elle vous apparaisse exceptionnelle. » C'est Flaubert qui répétait ce principe essentiel à son fils spirituel Maupassant. Quand le jeune écrivain a appris cela, il ne lui reste qu'à apprendre sa langue d'écriture. Je m'y applique toujours. Le coquet Cocteau appelait cela « cultiver sa ligne ».

Les contes de Jolis deuils *ont été écrits il y a vingt ans déjà. Les relisant pour cette réédition, j'ai été étonné de constater comment les œuvres que j'ai publiées par la suite étaient déjà contenues dans ces premiers contes. Ayant dit cela, il se trouvera bien un critique pour écrire que je ne cesse de me répéter... Ah! les critiques... les critiques... Monsieur Yves Thériault, estimé par tous les écrivains pour qui écrire ne consiste* pas à imiter les élucubrations de quelque éphémère petit maître, me disait, avec l'exagération d'un bon conteur, n'avoir jamais reçu une critique favorable... Alors courage, pauvre écrivain! Et rappelle-toi, pour t'égayer, que Voltaire les comparait à des mouches qui... Je ne dis pas la suite car un comité de parents vigilant pourrait m'accuser d'indécence...

Les écrits d'un auteur ressemblent à ses enfants par cela qu'ils ont une vie indépendante qui l'étonne toujours. Les contes de Jolis deuils ont été traduits en anglais, en allemand, en yiddish, en gallois, en espagnol et même en joual. Ils ont inspiré des projets de film d'animation, des dessins. Ils ont servi d'appui à un beau spectacle de marionnettes. J'espère qu'ils vous amuseront. Méfiez-vous un peu! Ils sortent du chapeau d'un magicien. L'écrivain est un magicien. Même si je n'étais alors qu'un modeste apprenti sorcier, ces contes peuvent vous jouer un tour!

Toujours l'homme reviendra à la mer, prédit le grand poète Melville. Parce que l'homme vient de la mer, elle est sa mémoire. Parce qu'il y retournera, elle est son avenir, le lieu de son imagination. Pour les mêmes raisons, l'homme revient au conte, car il est sa mémoire et son *imagination. L'homme moderne se lassera d'une vie codifiée sur l'ordinateur, régie par des conventions collectives ou gouverne- mentales, remplie de désirs suscités par les médias et comblés par des objets et des loisirs fabriqués en série; il s'ennuiera avec son plan de carrière et ses promotions automatiques; il ne pourra plus écouter les actuaires qui fixent la date probable de son décès ni les économistes qui établissent ses avoirs; de plus en plus, il sera insatisfait du langage syncopé et élémentaire des communications accélérées. Alors pour se souvenir d'une vie plus libre, plus humaine, pour imaginer qu'il peut changer sa vie, il aura encore besoin de contes.*

Juillet 1982

EXTRAITS DE LA CRITIQUE

C'est un petit livre que vous lirez avec un plaisir fou si vous nourrissez, un peu comme dans votre enfance, cette tendre et cruelle audace des rêves et d'une imagination qu'on voudrait bien gratuite et inoffensive mais qu'on ne peut jamais prendre pour telle. Cruelle et tendre, ai-je dit, et pour des raisons bien précises; pour les mêmes raisons, j'imagine qui ont motivé le choix du titre. Il faut que ces deuils soient petits pour être jolis, mais il faut aussi qu'ils recèlent plus que gentillesse amusante pour être deuils. Vingt-cinq contes très courts, le plus long a cinq pages, forment la matière de ce livre. Certains ne manqueront pas de dire que tout cela est très maigre. Or c'est précisément dans cette retenue quantitative que réside une des très grandes qualités du recueil de Carrier.

Gil COURTEMANCHE

La Presse libre, 5 octobre 1964

Un livre intelligent, un peu trop calculé, plein de ressources d'imagination, écrit avec une encre fort sympathique, psychologiquement et chimiquement parlant.

Gilles LOCKQUELL

Le Soleil, 17 octobre 1964

Un poète — celui qui voit, qui exprime émotivement le monde. Et voici que celui-là, possédant grâce véritable — une réelle, constante et pure poésie — demeure libre de tout dire. Roch Carrier, dont la prose demeure hantée, toujours, de cette présence certaine des Muses, a quelque chose à nous dire.

Claude DANSEREAU

Le Devoir, 24 octobre 1964

Du premier coup, l'auteur de *Jolis deuils* nous met en appétit. Il détourne, comme en se jouant, le cours naturel de notre imagination. L'écriture est nette, rapide, apparemment « innocente ». Mais méfiez-vous: n'avez-vous pas remarqué ce mot, cette phrase, cette idée, qui vont amener les plus graves perturbations dans le cours du récit? L'humour de Roch Carrier — humour noir, le plus souvent — naît du développement rigoureusement logique du grain d'absurde qui se trouve dans la donnée...

Gilles MARCOTTE

La Presse, 16 janvier 1965

Roch Carrier, c'est l'enthousiasme du créateur nouveau, avec une certaine fièvre qui en fait la fraîcheur. Et son recueil, en dépit du titre mortuaire, n'est pas noir ni pessimiste; il est insolent avec une assurance qui ne peut être que l'apanage d'un écrivain vrai. (...) Carrier doit tenir son secret d'un de ces derniers raconteurs de village (...)

Jean MARCEL

L'Action nationale, janvier 1965

Vingt-cinq brèves histoires, d'une prose alerte, mobile, séduisante, jamais banale. L'auteur raconte avec un naturel parfait, passant sans avertir de l'observation réaliste à la notation fantaisiste. La poésie fuse de partout. Elle est dans certaines expressions neuves, dans des images fraîches, dans des situations pour le moins insolites. Le ton du récit se fait tantôt humoristique, tantôt apocalyptique, tantôt cynique. Il y a de la

cruauté dans ces pages. Une espère de sourire amer, profondément blessé par la vie.
Malgré cela, une grande poésie et une
fraîcheur qui transfigurent la laideur et la
souffrance.

Paul-Émile ROY

Lectures, février 1965

Ces contes sont de purs poèmes tant par la
somptuosité des images que par la profon-
deur des symboles. Et quelle étonnante
technique, quelle maîtrise dans la progres-
sion de l'intérêt dramatique. Et tout cela est
présenté avec un sens savoureux de l'humour noir. Mais cet humour qui peut parfois
sembler gratuit est en fait profondément
tragique. Carrier nous répète à plusieurs
reprises que les humains par leur bêtise am-
bitieuse ont détruit eux-mêmes le bonheur
simple de vivre. La vie est brève et les humains se laissent abrutir, posent des gestes
stéréotypés, leur intelligence se sclérose; ils
ne deviennent plus guère que des rouages de
cadran: les roues d'engrenage de l'impitoyable horloge du temps; une marche au
pas militaire, dépourvue de sens, vers la
mort. Malgré tout, on rit ferme à la lecture
de Jolis deuils, on rit de la sottise humaine.
Le poète, puisque c'en est un, nous décrit

une fin du monde quotidienne. Il y a une détresse si intolérable, si navrante sous cet humour que, par réaction, on en rit.

Pierre CHATILLON

Livres et auteurs canadiens 1964

ÉTUDES SUR L'ŒUVRE
DE ROCH CARRIER

Numéro spécial de la revue *Nord*, Québec,
n° 6, 1976, 152 p.

Dossier sur Roch Carrier (entrevues,
études, bibliographie) dans *Québec
français*, Québec, n° 31, octobre 1978,
pp. 29-36.

Renald BÉRUBÉ, « *La Guerre, yes sir!*
De Roch Carrier: humour noir et
langage vert » dans *Voix et images du
pays*, n° III, Montréal, P.U.Q., 1970, pp.
145-164.

David J. BOND, « Carrier's fiction »,
dans *Canadian Literature*, Vancouver,
n° 80, printemps 1979, pp. 120-131.

Jean-Cléo GODIN, « Roch Carrier: une
terre entre deux (ou trois?) soleils »,
dans *Livres et auteurs québécois 1971*,

Montréal, Jumonville, 1972, pp. 305-310.

Gabrielle POULIN, « Le pays des grands-pères (l'œuvre romanesque de Roch Carrier) », dans *Romans du pays 1968-1979*, Montréal, Bellarmin, 1980, pp. 89-138.

ŒUVRES DE ROCH CARRIER

Romans

La guerre, yes sir!
 Éditions du Jour, 1968
 Édition de luxe, 150 exemplaires, Art
 global, 1975
 Éditions Stanké, Collection « Québec
 10/10 », 1981, 1998
 Éditions Stanké, dans *Presque tout
 Roch Carrier*, 1996
 Traduction anglaise par Sheila
 Fischman, Anansi, 1970

Floralie, où es-tu?
 Éditions du Jour, 1969
 Éditions Stanké, Collection « Québec
 10/10 », 1981
 Éditions Stanké, dans *Presque tout
 Roch Carrier*, 1996
 Traduction anglaise par Sheila
 Fischman, Anansi, 1971

Il est par là, le soleil
Éditions du Jour, 1970
Éditions Stanké, collection « Québec
10/10 », 1981
Éditions Stanké, dans *Presque tout
Roch Carrier*, 1996
Traduction anglaise par Sheila
Fischman, Anansi, 1972

Le deux-millième étage
Éditions du Jour, 1973
Éditions Stanké, collection « Québec
10/10 », 1983
Traduction anglaise par Sheila
Fischman, Anansi, 1974

Le jardin des délices
Éditions La Presse, 1975
Éditions Stanké, collection « Québec
10/10 », 1985

Il n'y a pas de pays sans grand-père
Éditions Stanké, 1977
Éditions Stanké, collection « Québec
10/10 », 1979
Éditions Stanké, dans *Presque tout
Roch Carrier*, 1996
Traduction anglaise par Sheila
Fischman, Anansi, 1981

*Les fleurs vivent-elles ailleurs que
sur la terre?*
    Éditions Stanké, 1980

*La dame qui avait des chaînes
aux chevilles*
    Éditions Stanké, 1981
    Éditions Stanké, collection « Québec
    10/10 », 1988
    Traduction anglaise par Sheila
    Fischman, Anansi, 1984

De l'amour dans la ferraille
    Éditions Stanké, 1984
    Traduction anglaise par Sheila
    Fischman, Anansi, 1987

L'ours et le kangourou
    Éditions Stanké, 1986

Un chameau en Jordanie
    Éditions Stanké, 1988

L'homme dans le placard
    Éditions Stanké, 1991

Fin
    Éditions Stanké, 1992

Théâtre

Floralie
   Éditions du Jour, 1973

La céleste bicyclette
   Éditions Stanké, 1980
   Éditions Stanké, collection « Québec
   10/10 », 1985
   Éditions Stanké, dans *Presque tout
   Roch Carrier*, 1996

Le cirque noir
   Éditions Stanké, 1982

Contes

Jolis deuils
   Éditions du Jour, 1964
   Éditions Stanké, collection « Québec
   10/10 », 1982, 1999

Les enfants du bonhomme dans la lune
   Éditions Stanké, 1979
   Éditions Stanké, collection « Québec
   10/10 », 1983, 1998
   Éditions Stanké, collection « Le petit
   format du Québec », 1996

Les voyageurs de l'arc-en-ciel
  Éditions Stanké, 1980

Ne faites pas mal à l'avenir
  Éditions Paulines, 1984

Le chandail de hockey
  Livres Toundra, 1984
  Traduction anglaise par Sheila
  Fischman, Toundra books, 1984

La fleur et autres personnages
  Éditions Paulines, 1985

Prières d'un enfant très très sage
  Éditions Stanké, 1988
  Éditions Stanké, collection « Le petit
  format du Québec », 1996

L'Eau de Polgok-sa
  Éditions Paulines, 1990

Le canot dans les nuages
  Éditions Paulines, 1991

Un champion
  Livres Toundra, 1991

Canada, je t'aime
  Livres Toundra, 1991

Une bonne et heureuse année
Livres Toundra, 1991

Le martien de Noël
Québec/Amérique, 1991

Prières d'un adolescent très très sage
Éditions Stanké, 1998

Albums photographiques

Québec à l'été 1950
Éditions Libre Expression, 1982

Canada
Éditions Libre Expression et Art
Global, 1986; versions française,
anglaise, japonaise

SOMMAIRE

JOLIS DEUILS

L'oiseau	7
La tête	13
La jeune fille	19
Le destin	25
Les pommes	31
L'encre	37
Un dompteur de lions	43
L'eau	49
Le revolver	55
La création	61
L'amour des bêtes	67
Les pas	73
Histoire d'amour	79
Le réveille-matin	85
La fin	91
L'invention	97

La science 103

Le téléphone 109

L'âge d'or 115

La paix 121

L'ouvrier modèle 127

Magie noire 133

Le métro 141

La robe 147

Le pain 153

DOSSIER

Petite histoire de *Jolis deuils* 161
  par Roch Carrier

Extraits de la critique 165

Études sur l'œuvre 171
  de Roch Carrier

Œuvres de Roch Carrier 173